罪の蹬

深川の重蔵捕物控ゑ4

西川　司

時代小説

二見時代小説文庫

目次

罪の跫《あしおと》
――深川の重蔵捕物控ゑ4

第一話　親いらず

一

天保《てんぽう》十四年如月《きさらぎ》八日——。

江戸の町は、そこかしこで紅梅や白梅が咲き、川岸の猫柳がふわふわした銀色の花をつけはじめる季節になった。

しかし、春とは名ばかりの二月初旬のその日は、朝から骨までしみるからっ風が吹きすさび、道を行き交う人々は寒さに震えながら体を縮《ちぢ》めて歩いている。

そんな中、深川松井町《ふかがわまついちょう》二丁目の六間堀《ろっけんぼり》沿いの道を汗だくになって走っている若い男がいた。

佐賀町《さがちょう》の自身番の番太郎、常次《つねじ》である。佐賀町から松井町まではかなり離れているが、常次は書役に、深川一帯を仕切っている名うての岡っ引き、六間堀の重蔵《じゅうぞう》親分に事件が起きたことを知らせてこいと命じられて一目散に走り続けてきたのだ。

「常次じゃねぇか。朝っぱらからそんなに慌てて、いってぇどうした？」

手拭で頬被りして綿入り半纏《ばんてん》を着込み、時折かじかんだ手に息を吹きかけて家の前の道を掃き掃除していた定吉《さだきち》が、走ってくる常次に気付いていった。

二十七になる定吉は重蔵の義弟で、髪結《かみゆ》いをしながら下っ引きもしており、深川じゅうの番太郎と顔馴染なのである。

「おはようござんす、定吉さん。親分はおりやすかい？」

足を止めた定吉よりひとつかふたつ年下の常次は、懐《ふところ》から取り出した手拭で顔を拭いながら、はあはあと息を切らしている。

「ああ、いるぜ」

尋常ではない様子の常次を見た定吉は掃く手を止め、こい——と目顔でいい、常次を伴って玄関へ向かった。

「親分、佐賀町の常次がめぇりました」

頬被りしていた手拭を取った手で玄関の戸を開けた定吉が、奥へ向かって声をあげた。

重蔵の家の一階は定吉の亡くなった姉で、重蔵の女房だったお仙《せん》が営んでいた「花床《はなとこ》」という髪結い場になっており、重蔵がいる居間はそのさらに奥にある。

「おう、今、いく——」

重蔵の低くてよく通る声が返ってきた。

少しすると、背丈が六尺ほどもあり、袷《あわせ》の上からでも筋骨隆々とした体をしていることが見て取れる、苦《にが》み走った顔の重蔵が姿を見せた。

今日は亡くなったお仙の月命日で、重蔵はついさっきまで、仏壇のお仙の位牌に手を合わせていたのである。

お仙が亡くなったのは十二年前のことだ。重蔵が捕らえた悪党一味の残党のひとり、鍬蔵《くわぞう》という男が逆恨みして、重蔵の目の前でお仙を匕首《あいくち》で刺し殺したのだ。

恋女房を目の前で殺された重蔵の悲しみと激しい憤りは、十二年経った今もいささかも薄れることはない。江戸から姿を消した鍬蔵を、いつか必ず己の手で捕らえてみせると位牌に手を合わすたびに重蔵は強く心に誓うのだった。

「どうした？」

重蔵は眉根を寄せて、定吉の隣にいる常次を見た。

「へい。うちの町内の船宿『相模屋《さがみや》』で、女将《おかみ》と泊り客が死んでいるのが見つかったそうです」

常次は、首筋の汗を手拭で拭いながらいった。

「すぐに用意してくる」

重蔵は顔色ひとつ変えずにいうと、足早に神棚に置いてある十手《じって》を取りに居間へ戻っていきながら、

「定、若旦那に知らせにいってくれ」

と、背後の定吉にいった。

「へいっ」

定吉は素早く綿入り半纏を脱ぐと、それを廊下に放り投げて外に飛び出していった。

船宿『相模屋』は、佐賀町の油堀《あぶらぼり》に架かっている下ノ橋《しものはし》の近くの大川《おおかわ》沿いに面した通りにある。

宿の主《あるじ》で、四十七、八のでっぷりと太った宇兵衛《うへえ》の出迎えを受けた重蔵は、客が宿泊する部屋がある二階へ案内された。

二階には部屋が四つあり、事件現場となった部屋は階段を上がった右手の一番奥まった部屋だという。

船宿は訪れた客を船で行き先へ送り出す商いである。

だが、その船宿によって宿泊部屋のないところもあれば、飲食や宿泊もできるところもあり、中には出合《であい》茶屋のような色を売る女を世話する船宿もある。

重蔵が知っている限り『相模屋』は四、五人の船頭と板前と見習い二人がいて、客の注文に応じて料理を出し、寝泊まりもできる真っ当な船宿のはずである。

「この部屋です……」

顔色を失っている宇兵衛が襖《ふすま》を開けたとたん、血生臭さと饐《す》えた臭いが混じったなんともいえない独特な臭いが鼻を突いてきた。

宇兵衛は苦い薬を飲んだときのように顔を歪《ゆが》めている。

だが、数々の修羅場《しゅらば》を見てきた重蔵は、平然とした顔で部屋を眺め回しながら、懐から十手を取り出して室内に足を踏み入れた。

部屋の真ん中に路考茶色《ろこうちゃいろ》の着物姿の女将で、二十八歳の弓《ゆみ》が顔を横に向けてうつ伏せで倒れており、自分が死んだことが信じられないとでもいいたげに目を見開き、ぽっかり開けた口から紫色の長い舌をだらりと出している。

その弓のそばに三十代と思われる男が顔に苦悶《くもん》の表情を刻み、右手に匕首を握ったまま仰向けになって倒れていた。男の首は深く斬られ、そこから流れ出た血で体じゅうを赤黒く染めて死んでいた。

「ふたりが死んでいるのを最初に見つけたのは、宇兵衛さん、あんたかい？」

死んでいる弓と男の近くに腰を落とした重蔵は、ふたりの顔や体を眺めながら、宇兵衛に訊いた。

「はい。さようで。朝飯の仕度をした様子もなかったので、弓の部屋にいったのですが、姿がなかったんです。それで、もしやと思って二階のこの部屋にきてみたら、こんなことなっておりまして……」

重蔵がちらりと宇兵衛に視線を向けると、宇兵衛は突然の女房の死を受け止められないでいるようで虚《うつ》ろな目をしていた。

「てことは、あんたと女将は部屋が別なのかね？」

血の固まり具合や体の強張《こわば》りから、死んだのは昨夜遅くから今朝にかけてであることは疑いようがない。

「はい……」

宇兵衛は決まりが悪い顔をしている。

「この男の身元は？」

死んでいる男に視線を戻して訊いた。

「竹蔵《たけぞう》といいます。賭場《とば》で壺振《つぼふ》りをしている博徒《ばくと》です」

「宿帳にそこまで書くやつはいまい。この男は常連客かね？」

重蔵は、ふたたび宇兵衛に視線を向けた。

「あ、はい。弓の馴染み客でした」

「弓の馴染み客？」

重蔵は宇兵衛の発した言葉の意味がわかりかねた。

「実は、弓は七年前に後添えにもらった女でして。吉原《なか》の見世《みせ》にいたのをわたしが身請けしたんです」

宇兵衛は、ますますばつの悪い顔になっている。

「つまり、この竹蔵って男は、女将が見世にいたときからの常連客だってことかね？」

「はい……」

「その竹蔵が、あんたの後添えになってからも、ここによく泊まりにきていたのかい？」

「三日と空けずきておりました……」

竹蔵は一昨日から宿泊していたという。

「この男と女将は体の関係を結んでいたということかね？」

「………」

宇兵衛は目を伏せながら、でっぷり太った体を縮こませて答えない。

重蔵は深く息を吸って吐くと十手を畳に置いて、うつ伏せに倒れている弓の体を仰向けにし、着物をたくし上げて秘部を見た。

黒々とした陰毛に男が放った精の痕跡がわずかだが、残されていた。

そして、弓は肝ノ臓《かんぞう》を深く刺されて息絶えたようで、着物は脇腹のあたりだけ赤黒くなっていた。

肝ノ臓を深く刺せば、それほど苦しむことも血が噴き出ることもなく、体じゅうにじんわりと溜まって死ぬのである。博徒の竹蔵は、人を殺すことに慣れているということなのか。

「この有様を見て、あんたはどう思ったかね？」

重蔵は十手を手にして訊いた。

「どうといいますと？……」

宇兵衛は一瞬、体を小さくびくつかせ、目を剝いて訊き返した。

「女将は、この竹蔵って男に無理やり刺し殺されたのか？　それとも承知で殺されたのか？」

　重蔵は、宇兵衛の顔をじっと見つめて答えを待った。

「それは――昨夜はわたしも家におりましたが、言い争う声や助けを求める声も聞いておりませんから、弓の隙をついて刺し殺したのではないかと……」

「つまり、竹蔵という男が、無理心中を謀《はか》ったというのかい？」

　重蔵は、片手で弓の下半身の着物を整えながらいった。

「はい。そうとしか……」

　宇兵衛はがっくりと肩を落として、深いため息をついた。

「竹蔵はあんたに、女将と一緒になりたいといってきたことはあったのかね？」

「いえ、そこまではっきりいわれたことはありませんが……」

「女将が竹蔵とここで逢瀬《おうせ》を重ねていたことには気付いていたんだね？」

「はぁ……」

「女房が浮気をしていると気がついていながら、放っておいたのかい？」

　矢継ぎ早に訊いてくる重蔵に宇兵衛は、顔を歪めて口をつぐんだ。

　しかし、重蔵は追及の手を緩めない。

「女将とは、それほど不仲だったということかね」

厳しい言葉を突き付けてくる重蔵に宇兵衛は観念したように、

「お恥ずかしい話ですが、惚《ほ》れて身請けしたものの、息子が生まれたころから、弓を可愛《かわい》がってやることはほとんどありませんで……」

といった。

弓は吉原《よしわら》の『飛田屋《とびたや》』という見世の売れっ子だったという。宇兵衛は、十四年前に前妻を病で亡くしているが、ふたりの間には、るいという娘がいる。

るいを乳母《うば》に任せ、長い間独り身生活に慣れていた宇兵衛は、そのまま気楽に船宿の商いに精を出して暮らそうと思っていたが、一も二もなく身請けして一年後、弓との間に、息子の宇吉《うきち》が生まれた――というようなことを宇兵衛は、記憶が朧《おぼろ》げなせいなのか、それとも用心しているのか定かではないが、まどろっこしいほどつっかえながら訥々《とつとつ》と語った。

しかし、重蔵には宇兵衛の話がどうにも腑《ふ》に落ちない。

宇兵衛は弓に一目惚れし、吉原の見世から大金を払って身請けして息子までもうけたのである。であるのに、弓が不義密通を働いていたことに気付いていたにもかかわらず、咎《とが》めることをしなかったようなのだ。いったいどういうことなのか。

重蔵は、部屋の中を改めて見渡した。なにか大事なことを見落としている気がしてならなかったのである。

（？――あれだけ深く首筋を掻き切ったら、勢いよく血が噴き飛ぶはずだが、竹蔵の体は血で染まっているものの、遠くに飛び散った跡がない……ん？――）

思案しながら何気なく、弓の顔に視線を向けた重蔵は眉間《みけん》に皺を作った。

弓の口のあたりの化粧が剝げているように見えたのである。

（これは、だれかが拭き取ったんじゃあ？……）

ちらりと宇兵衛を見た。宇兵衛は心ここにあらずといった塩梅《あんばい》で、宙に虚ろな目を向けている。

「宇兵衛さん、あんた、亡骸《なきがら》に触れなかったかね？」

「へ？――あ、いいえ、そのようなことはしておりません……」

気のせいだろうか、宇兵衛の顔に狼狽《ろうばい》の色が走った気がした。

「子供たちは、この部屋にこなかったんだね？」

「はい。こんな地獄絵図みたいなところを見せるわけにはまいりませんから、きつく近寄ってはならぬと言い聞かせております」

「ふむ――」

重蔵は十手で肩を軽く叩きながら、

（となると、おれの気のせいか……）

と胸の内でつぶやきながら竹蔵に視線を移して近づいていき、ふたたび十手を畳に置いて竹蔵の着物を剝いでみた。

念のため、体のどこかに不審な点がないかどうか調べてみようと思ったのである。

と、竹蔵は、右上腕部に本物と見まがうほどの色使いの、生き生きとしたネズミを入れ墨していた。

「この男、なんだって、こんなネズミを入れ墨したのかねぇ。子年《ねどし》生まれってことかな」

重蔵が独り言のようにつぶやくと、

「子年は、弓です」

宇兵衛がいった。

「ん？」

「弓の干支《えと》が子《ねずみ》だから彫ったらしいです。心底惚れているという証に。まったく、やくざ者には呆《あき》れます」

宇兵衛は苦々しい顔をしている。

合点《がてん》がいった。男も女も惚れた証に、その相手に関することや名をもじった絵や文字の入れ墨を彫るというのはよくあることだ。

「竹蔵から聞いたのかね？」

「いいえ。弓が得意そうにいったんです」

宇兵衛は吐き捨てるようにいった。

弓は、自分に構ってくれない宇兵衛に当てつけでいったということなのだろうか。

二

重蔵が『相模屋』にきて半刻ほど経ったころ、八丁堀《はっちょうぼり》の役宅にいる京之介《きょうのすけ》に事を知らせにいった定吉が京之介とともにやってきた。

血を見るのが苦手という同心にとっては困った質《たち》の京之介は、弓と竹蔵が死んでいる二階の部屋を見ようとはせず、一階の宇兵衛と娘のるい、殺された弓が産んだ宇吉がいる居間で、定吉とともに重蔵の傍《かたわ》らに腰を下ろして事の成り行きを見守ろうということにしたようだ。

宇兵衛の横には、見とれてしまうほど目鼻が整っているが、険《けん》のある顔つきをしているるいと、るいにしがみつくようにしている七つの宇吉が目を腫らしてしゃくりあげている。

丁子茶《ちょうじちゃ》の袷に黒の文庫結《ぶんこむす》びという出で立ちで、雪のような色白の肌をしている美しい顔立ちのるいに対して、宇吉はるいに似ても似つかぬ醜男《ぶおとこ》だった。常にだらしなく半開きになっている、妙に大きな口の中は乱杭歯《らんぐいば》が並び、受け口なうえにしゃくれ顎で、左右の目に肉厚なうわまぶたが垂れ下がって瞳がほとんど見えず、鼻はぺしゃんと潰れて鼻の穴が丸見えになっている。

そして、宇吉の左手は怪我でもしたのか、白い布でぐるぐる巻きにされていた。同じ年ごろの男の子よりはずいぶん小柄で、背中に大きな瘤《こぶ》があるのか背骨が曲がっているのか、着物の背のあたりがおかしな具合に盛り上がっている。

「見てのとおり、息子の宇吉は生まれつき不憫《ふびん》な子で……」

重蔵と京之介の視線が宇吉に注がれていることに気がついたのだろう、宇兵衛が決まり悪そうな顔をしていった。定吉だけ、ここにきたときから、ずっとるいに見惚れている。

「息子の手、怪我したのかい？」

京之介が顔で指して訊いた。

「いいえ——るい、宇吉のその左手を見せてさし上げなさい」

るいは、一瞬ためらった顔をしたが、宇吉の左手を取ると巻いてある白い布を剝ぎ取り、挑むような目つきで、宇吉の左手を重蔵たちの前に差し出すようにして見せた。

宇吉の左手の指は親指と人差し指、中指の三本しかなかった。切断されたような跡がない。生まれつきのようである。

宇兵衛は、弓と不仲で寝る部屋も別だったといっていた。そのうえ、竹蔵と不義密通を働いていたことに気がついていながら咎めることもしなかったのは、自分と弓の間に生まれた宇吉が尋常でなかった所為《せい》だということなのか。

「母親まで亡くすことになるなんて、神も仏もあったもんじゃない……わたしは、前世でよほど悪いことをしたのでしょうか」

宇兵衛は自嘲《じちょう》するように薄い笑みを浮かべている。

すると、るいにすがりついていた宇吉が、母親の死を思い出したのだろう、またしゃくりあげて泣き出した。

るいは、そんな宇吉をあやすように手で肩のあたりをさすりながら小声で、「泣かないの」とやさしい口調で何度かいったあと、視線を宇兵衛に向け、キッと怒っているように睨みつけた。宇兵衛は、娘のるいとも不仲なようである。

「るいといったな。おまえは、二階の部屋で起きた異変になにか気付いたことはなかったのか?」

京之介が訊いた。水も滴《したた》るいい男というのを絵にしたような京之介に声をかけられた女、とくに年ごろの女は例外なく一瞬にして頬を赤く染める。

だが、るいは頬を赤く染めるどころか、京之介を親の仇《かたき》でも見るような鋭い目つきで、じっと見つめ、無言で首を横に振るだけだった。そんなるいに、まだ定吉は見惚れている。

「坊主はどうだい?」

いつもと違う様子の定吉に気付いているのかいないのか、重蔵がまっすぐに宇吉を見て訊くと、しゃくりあげていた宇吉は泣き止み、京之介や重蔵、定吉の順に見比べるような仕草をしはじめた。

「おいら、ずっと、るい姉ちゃんといた」

宇吉は、ぶっきらぼうに答えた。

「おまえたちふたりは、同じ部屋で寝起きしているのかね?」

重蔵がるいと宇吉の両方を見ながら訊くと、ふたりとも首を縦に振った。

「昨夜だけかい?」

重蔵が訊くと、宇吉はもじもじしながら首を横に振り、

「おいら、ずっと、るい姉ちゃんと一緒の部屋で寝てる。ほんとは、おっかさんと一緒に寝たいんだけど、おっかさん、おいらのこと、嫌いだから……」

と、声を震わせていった。

べそをかいているのかもしれないが、普通と違う宇吉の顔から判断するのは難しい。

それに物言いからして、どうやら頭の働きも少し弱いようだ。

(実の母親まで、尋常に生まれてこなかった宇吉を疎《うと》んじていたということなのか？……)

もしそうだとしたら、仏になったとはいえ、重蔵は、弓に憤りを禁じ得なかった。

「だから、あたしはあんな女を後添えにすることに反対したんだ」

るいが、肩を怒らせて唐突《とうとつ》にいった。

「るいっ」

宇兵衛が睨みつけたが、るいはひるむどころか、挑むように目を剝いている。

「娘さん、義理とはいえ、おっかさんを、あんな女とはちょいと言葉が過ぎるなぁ」

重蔵がやんわりと窘《たしな》めたが、るいは、

「親分さん、お言葉ですけど、お弓さんは、あたしとたった六つしか違わないんですよ。おっかさんなんて呼べるわけがないでしょ？　まして、女郎《じょろう》あがりなんですよ、あの女は。そのうえ浮気相手の男と心中するなんて、殺されたからって涙も出ませんよ」

と、握りこぶしを震わせながら喧嘩腰でいった。

るいも宇吉も、二階の部屋のあの悲惨な現場は見ていない。宇兵衛の悲鳴を聞いて二階にいこうとした宇吉を、るいが必死になって止めたという。

「だが、そのお弓さんが産んだ宇吉は、ずいぶんあんたに懐いているんだな。そのうえ、一緒の部屋で寝起きもしているなんて感心だ」

重蔵の言葉に、定吉は、うんうんと頷いている。そんな定吉を流し目で見ている京之介は、密かに呆れた笑みを浮かべている。

「だって、宇吉にはなんの罪もないじゃありませんか。ううん、宇吉はこんなふうに生まれてきたくて生まれたんじゃないんだもの。それなのに、おとっつぁんもお弓さんも、宇吉を薄気味悪がってほったらかしにするなんて、あんまりよっ」

るいは、実の母親を宇吉と同い年の七つのときに病で失い、新しい母には宇吉が生まれた。ところが、跡取り息子になるはずの宇吉は体が不自由で、大っぴらに世間の人々に見せることのできない子だ。だからといって、父親の宇兵衛も母親の弓も疎んじるのはあんまりじゃないか——そんな想いが、るいの中にはあるようだ。そんなことから、るいは、なんの罪もない宇吉と部屋を共にして面倒を見ているのだろう。

「ところで、親分、二階の部屋のふたりの亡骸はどうしたものでしょう……」

宇兵衛は、申し訳なさそうな顔をしているが、そのなかに抜け目のなさが紛《まぎ》れているのを重蔵は見抜いている。

「若旦那、どうしたもんでしょうねぇ？」

お上《かみ》は、心中によって死んだ男女の遺体を弔《とむら》うことを禁じている。心中する者たちを人間扱いしては、世の中の秩序が崩壊しかねないという考えからだ。

それでも、ふたりとも同時に死ねた場合はまだよいほうで、心中に失敗して生き残った者にはさらに厳しい罰が待っている。

また、その罰は生き残ったのが、ひとりかふたりで異なる。もしも、ふたりとも生き残った場合は、三日間、日本橋《にほんばし》でさらされたあと、士農工商のさらに下とされる身分に格下げになってしまうのだ。

そして、片方が死に、片方が生き残った場合は、生き残った者は死罪になる。

心中する者の多くは遊女や奉公人など、金で拘束されている町人たちで、そうした人々が心中を起こすことを重くみたお上は、心中が流行《はや》るのを防ぐために厳しい処分を取ったのである。

また、お上は「心中」という二文字を組み合わせれば、〝忠〟という漢字になるとして嫌い、元禄《げんろく》時代に戯作者《げさくしゃ》・近松門左衛門《ちかまつもんざえもん》の戯曲《ぎきょく》によって心中が美化されたこともあって、八代将軍吉宗公《よしむねこう》自ら「心中」という言葉を「相対死《あいたいじに》」と代えさせた経緯がある

るほど、お上にとって心中は頭の痛い問題なのだった。

そんなお上が決めたことに、岡っ引きとはいえ町人の重蔵があしろこうしろといえる立場にあるわけもないから、京之介に伺いを立てたのである。

「親分、おれは二階の部屋を見ていないし、そこでなにが起きたのか聞いたような気がするが、忘れてしまったようでなにも覚えていないよ」

京之介はいつもの涼しい顔をしていい、薄い笑みを浮かべている。

（ふふ。そうですかい。わかりました。あとのことは、おれに任せてください）

重蔵が目顔でいうと、

「定吉、番屋廻りに付き合ってくれ」

といって、京之介は立ち上がった。

が、定吉は阿呆のように、まだるいに見惚れていて、京之介の声も耳に入らないようだ。

「おい、定」

重蔵が声を大きくしていうと、

「へ？」

と、素《す》っ頓狂《とんきょう》な声をあげた。

「若旦那と番屋廻りをしてきてくれ」

「あ、へい……」

京之介は笑いたいのを噛み殺している。

そんな京之介の気持ちなど知る由《よし》もない定吉は、名残《なごり》惜しそうにるいを目で追いながら、京之介のあとについて部屋から出ていった。

ふたりの姿が消えたのを確かめるように目で見送った宇兵衛は、

「親分、これを――どうかお納めください」

と、懐から切餅を取り出して、重蔵の前に差し出した。

「宇兵衛さん、こんなもんを受け取るわけにはいかないよ」

重蔵が切餅を押し戻すと、宇兵衛は一瞬、苦虫《にがむし》を噛みつぶしたような顔を作って手文庫に手をやった。重蔵が、それでは足りないといっていると思ったようだ。

「宇兵衛さん、あんた、なにか勘違いしているようだ」

重蔵が腹立ちを堪《こら》えていうと、

「はい？」

宇兵衛は間《ま》の抜けた顔を向けてきた。

「おれは、これ以上、宇吉を不憫な子にするような真似はしない。それに宇兵衛さん、女将が心中したことが大っぴらになったら商いに響くだろうし、嫁入り前の娘さんだって気の毒だ」

「じゃあ、親分――」

宇兵衛は、さっきの苦々しい顔から一気に笑顔になっている。

「竹蔵は事故死ということで届け出て、亡骸は自身番屋の者たちに引き取らせることにしよう。女将は病で亡くなったということで、あんたは葬儀を行えばいい」

「親分、なんてお礼を申し上げていいのやら……」

「礼なんてどうでもいいが、宇兵衛さん、あんた、おれに隠し立てしていることはなんにもないかね？」

「隠し立てといいますと？」

宇兵衛は、きょとんとした顔をしている。

重蔵はうまくいえないが、まだなにか見落としている気がしてしょうがないのである。

「ないのならいい。あ、そうだ。女将の部屋をまだ見ていない。案内してくれるかね」

「るい、ご案内して差し上げなさい」

「どうぞ」

　るいが立ち上がると、袖《そで》を摑んでいた宇吉も立ち上がった。

　そして居間を出て、白梅が咲いている中庭が見える廊下を通り、奥の部屋へ重蔵を案内した。

「ここが、お弓さんの部屋で、隣がおとっつぁんの部屋です」

「あの部屋は、おまえさんたちのかね？」

　庭を挟んだ向かいに障子で閉ざされている部屋が見える。

「そうです」

「おまえさんたちの部屋からは、おっかさんの部屋がよく見えるんだな」

　重蔵が何気なくいうと、

「おっかさんは、おいらと寝てくれないけど、お客さんたちとは寝ていたんだ……」

　唐突に宇吉がいった。表情から読み取れないが、その声は悲しさに満ちていた。

「！——娘さん、今、坊主がいったことは本当かい？」

重蔵は愕然《がくぜん》としながら訊いた。

るいは、ゆっくりと、しかし、しっかりと頷いた。

「もう一度訊く。竹蔵以外の他の客とも、女将はそんなことをしていたのかね？」

「うん。そうだよ。ねぇ、お姉ちゃん」

宇吉はそれがどういう意味なのか、おそらく本当の意味はわかっていないだろう。でなければ、これほど屈託《くったく》なくいうはずがない。

「本当に汚《けが》らわしい……」

るいは、憎々し気に吐き捨てるようにいった。

「そのことは、おとっつぁんも知っているのかい？」

「さあ……」

るいが言葉を濁すと、

「おとっつぁんも知っていたよ。時々、二階にいって覗いて見ていたもん」

と、宇吉は無邪気な声で答えた。

「だけど、おじさん、おっかさん、ネズミにかじられて死んだんでしょ？」

宇吉は、今度は沈んだ声を出した。

重蔵は思いもしなかった宇吉の言葉に呆気《あっけ》に取られ、思わず宇吉の顔を見つめたが、やはりその顔からは表情が読み取れない。

「⁈――坊主、どうしてそう思ったんだい？」

重蔵の脳裏《のうり》に、竹蔵の右の上腕部にあったネズミの入れ墨の図が浮かび、宇吉の傍に寄って腰を落として訊いた。

「だって、おっかさん、夜になると時々二階の部屋にいくんだけど、その部屋でネズミにかじられて倒れてて、痛そうな顔して声を出して泣いていたから……」

るいは、どうしていいかわからない顔をしている。

「昨夜も見たのかい？」

重蔵が宇吉が怖がらないように穏やかな声で訊くと、

「――昨夜は見てない……」

宇吉は目を伏せた。

「どんなネズミにかじられていたんだね？」

「どんなネズミって……」

「畳の上を走り回っていたかね、そのネズミ？」

すると、宇吉は顔を上げて、

「ううん、跳ねてたっていうか、飛んでるみたいだった。本当だよ」

と、嘘じゃないと訴えるようにいった。

重蔵は、ちらっとるいの顔を盗み見た。困り果てた顔をしている。

おそらく宇吉は、竹蔵と弓が愛欲にまみれている姿を障子の間から覗いたのだろう。そのとき、弓に裸になって覆いかぶさるようにして情事に耽《ふけ》っている竹蔵の右上腕部のネズミの入れ墨が動いているように見えた、ということではないだろうか。

「そうか。そうだったのかい……」

これ以上、まだ七つの宇吉にそのときの様子を詳しく訊くわけにはいかない。

重蔵は障子をあけて、女将の部屋に足を踏み入れた。

六畳ほどの部屋には縁側に化粧台があり、部屋の真ん中に火の消えた火鉢、押し入れの横に衣装簞笥があるだけの殺風景な室内だった。

その光景は、女将とは名ばかりで、奇形児の息子を産んだばかりに夫の宇兵衛には構ってもらえず、義理の娘とも不仲な孤独な弓の『相模屋』での在り様を物語っているように重蔵には思えた。

（だから、弓はあからさまに竹蔵だけでなく、女郎だったときの馴染み客に求められるまま体の関係を結んだということなのか？　それを知った竹蔵は、かっとなって弓を殺し、自らも命を絶ったということなのか？　そう考えれば辻褄《つじつま》は合う。だが、どうもひっかかる。それがなにかはわからないが、魚の小骨が喉にひっかかったような、このすっきりしない気持ちの悪さのもとは、いったいなんなのだ？……）

重蔵は、しっくりとこないまま、『相模屋』をあとにして、常次のいる佐賀町の自身番屋に向かった。

三

自身番屋にいった重蔵は、番太郎の常次に『相模屋』で死んだ竹蔵は事故死だったと伝え、亡骸を引き取って身内の者を探してくれと頼んだ。

もし身内が見つからないようだったら、無縁仏を弔ってくれる回向院《えこういん》に運ぶようにいい、家の近くにある居酒屋『小夜《さよ》』に昼飯を食べにいった。

「親分、いらっしゃい」

戸を開けると、客の注文をとっていた女将の小夜が、ぱっと明るい顔を見せていった。

吉原の大まがきの花魁《おいらん》だった小夜は今年四十二になるのだが、十は若く見え、客のほとんどがその美しさ目当てにやってくる。

今日も相変わらず店内は、客でごった返していた。

「あいかわらずの繁盛ぶりだね」

「はい。おかげさまで。若旦那と定吉さんは、もうきてますよ」

奥の定番の小上がりに目を移すと、京之介と定吉が向かい合って料理を口に運んでいるのが見えた。

重蔵が店の中を進んでいくと、客たちが次から次へと親し気に声をかけてくる。

そんな顔見知りの客たちと気さくに挨拶を交わしながら、京之介と定吉のいる小上がりに着くと、ふたりの飯台《はんだい》の上には丼いっぱいに盛られた白米、香の物、味噌汁、そして今が旬のさよりの煮魚、小鉢の中でぴちぴちと跳ねるように動き回っている白《しら》魚《うお》の二杯酢が置かれていた。

「親分、先にいただいてます」

定吉が席をずらして重蔵の座る場所を作っていった。

「ぴちぴち動き回って、うまそうだな」

重蔵が腰を下ろしながら、小鉢の中の白魚を見ていった。

この時期、大川下流の佃島《つくだじま》一帯では、白魚漁が盛んに行われる。毎晩、暗い川面に漁火《いさりび》が灯って、大勢の漁師たちが手網を投げて白魚を獲るのだ。

その獲れ立ての白魚に二杯酢をかけて、つるりと口から流し込むようにして食うのが江戸っ子は大好きなのである。

「親分、なにになさいます？」

小夜が茶を運んできて訊いた。

「同じもんを頼む」

「はい」

小夜がその場を去ってすぐに、

「親分、『相模屋』はあのあと、どうなりました？」

白米を掻き込みながら定吉が訊いた。

「定吉は『相模屋』というより、あの家の娘のことが気になってしょうがないんじゃねぇのかい？」

京之介は冷笑を浮かべている。

「な、なにをいってんです、若旦那は……」

定吉は、しどろもどろになって、俯いた。

「？——若旦那、いったいなんのことです？」

ぽかんとした顔で重蔵が訊くと、

京之介がにやにやしながらいおうとすると、定吉が急に咳き込みはじめた。

「どうした？　大丈夫か、定？」

重蔵は、幼い弟を心配するかのように大げさに驚いている。

るいが、宇吉の面倒を健気《けなげ》に見ている姿を見たせいかもしれない。

「へ、へい。大丈夫です。さ、若旦那、白魚、ぴちぴちしているうちに食っちゃいましょうよ、ね？」

定吉は、顔を赤らめながら白魚の入っている小鉢を手にすると口元にもっていき、一気に流し込んだ。

そんな定吉を見ながら京之介は薄笑いし、

「で、あれからなにかわかったかい？」

と訊いた。

「へい。聞けば聞くほど、息子の宇吉が不憫でならなくて。女将を殺した竹蔵は事故死、女将の弓は病死ってことで届を出しました。相対死ってことにすれば、船宿の商いが傾くだろうし、あのるいって娘も嫁の貰い手がなくなるでしょうからね」

「貰い手がなくってもいいんじゃないかなぁ……」

「親分、実はね――」

定吉がにやにやしながら心ここにあらずといった塩梅で、独り言のようにぽつりといった。

「定、『相模屋』のあのるいって娘は、もう二十二だ。いい年増《としま》だろ」

重蔵が定吉に怪訝《けげん》な顔を向けると、定吉はようやく我に返った。

「え？　まぁ、そうでやすがね。へへ……」

そんな間の抜けた定吉と、定吉のるいに対する気持ちにまったく気付いていない重蔵を見ている京之介は呆れ顔をしている。重蔵にとって、定吉は幼いままなのだ。

「じゃ、『相模屋』のことは、一件落着《らくちやく》ってことだね」

「へい。まぁ……」

重蔵は顔を曇らせている。まだ、『相模屋』の心中事件と、あの家族のことで、なにかひっかかっているのだ。

「はい。お待ちどおさま」

小夜が重蔵の昼飯を運んできた。

そして、飯台に料理を置いていると、店の外から、「いたずら者はいないかいないかな～」という棒手振《ぼてふ》りの声が聞こえてきた。猫いらず売りである。

「あ、ちょうどよかった。おつねちゃん、これで、猫いらず、買ってきておくれ」

といい、店の手伝いの十九になる、少しぼんやりのおつねを呼んだ。

「はい」

おつねは、小夜から小粒を受け取ると、外に出ていった。

「あ、そうだ。親分、おれと定吉が『相模屋』から出たとき、おかしな野良犬を見たんだがね」

唐突に京之介がいった。

「おかしな野良犬？——」

重蔵が訊き返すと、

「おかしいって、いったいどんなふうだったんです？」

小夜も興味津々という顔つきで訊いた。

「うむ。『相模屋』の家の裏側から出てきた野良犬がよたよたしながら歩いてきて、おれたちの前で口から血を吐いてぱたっと倒れて、そのまま死んじまったのさ。なぁ、定吉」

「まぁ」

小夜は口に手を当てて、切れ長の美しい目を丸くして驚いている。

「野良犬が血を吐いた？　なにかの毒でも口にしたのかねぇ……」

「親分、おれ、それを確かめようと思って、その野良犬が出てきたところを見にいってみたんでさ。そうしたらなんと――」

「なんだ？」

「『相模屋』の二階の窓の下あたりに鉄瓶と割れた湯飲みがふたつ転がっていて、その周りにネズミが五、六匹死んでいたんですよ」

「今、ふと思ったんだが、もしかすると、その野良犬とネズミたち、石見銀山《いわみぎんざん》を口にしたんじゃないのかな……」

京之介が急に険《けわ》しい顔つきになっていった。

「石見銀山て、今、女将さんが、おつねに買いにいかせた猫いらずのこってすかい？」

「きっとそうですよ」

小夜が興奮した面持ちで口を挟んできた。

「女将、ずいぶん自信のある物言いだね」

「ええ。ずいぶん前だけど、うちでもそういうこと、あったんですよ」

「詳しく聞かせてくれ」

「料理場にネズミがたくさん住みついたことがあって困っていたとき、さっきみたいに猫いらずの振り売りが店の前を通ったから、買ったんです。そして、料理場のネズミが出入りしそうなところや住み着いていそうな天井裏なんかに、猫いらずをまぶした小さな団子を作って置いといたんです。そうしたら、それを口にして血を吐いて死んだ野良猫とネズミの死骸がいっぱい見つかって……」

小夜はそのときのことを思い出したのだろう。それまで饒舌《じょうぜつ》だったのに、顔をしかめて両手で自分の体を抱く仕草をして、ぶるると体を震わせた。

「ふむ。『相模屋』で起きた事件は、相対死じゃないかもしれないな……」

重蔵は難しい顔をして、まるで独り言のようにつぶやいた。

「え？」

小夜はごくりと唾を呑み込むと、言葉を失ったように重蔵をじっと見た。

「親分、どういうことだい？」

京之介が箸を置いて訊いた。

「若旦那も定も、事件が起きた二階の部屋を見ていないからわからないだろうが、女将の弓の肝ノ臓を一突きしてから、自分の首を掻き切って命を絶った竹蔵は血にまみれてはいたが、首を掻き切った割には、たいした量の血じゃなくてね」

重蔵は右の手で顎をしごきながら宙を睨んで、事件現場を脳裏に思い出していった。

「たいした量の血じゃない？」

京之介が自問するかのように繰り返すと、重蔵は小鉢の中の白魚を見つめた。

「へい。若旦那、この白魚を見てください――」

白魚たちは、二杯酢を勢いよく跳ねなくなっている。

「生きているうちは、勢いよく二杯酢を跳ね飛ばしますが、動けなくなる――つまり、死ぬと、ほら、このように二杯酢を跳ね飛ばさなくなるのと似た理屈です。生きているときに首を掻き切ると、そこから勢いよく血が噴き出て部屋の隅まで飛び散ってもいいはずなんです。しかし、竹蔵の首からは確かに血の量は少なくはありませんでしたが、勢いよく噴き出て、遠くに飛び散ることはなかったんですよ」

「つまり、竹蔵は何者かに死んだあとに首を切られたということかい？」

京之介がいうと、定吉はさっきまでにやにやしていた顔から一転して青ざめ出して、ごくりと唾を呑み込んだ。

「弓と竹蔵のふたりは昨夜、情を交わしたあとに死んで、今朝、宇兵衛によって見つかった。ということは、長いことあの部屋にいたことになります。しかし、思い返してみると、水差しもなかったし、酒を飲んだあともなければ、湯飲み茶わんも薬缶《やかん》や鉄瓶もなかった。長時間、部屋にいたのなら喉が渇くでしょ？　なのに、なにか飲んだあとがまるでない。それから、女将の口のあたりの化粧が剝がれていた。いや、あれは、拭いてあったといったほうがいい……」

「女将は刺し殺されて死んだんじゃなくて、毒を飲まされて血を吐いて死んだ……それを隠すためにだれかが女将の口から出た血を拭った、か……」

「そういえば、はじめて部屋に入ったとき、やけに饐えた臭いがしたのを思い出した。女将と竹蔵は胃の腑のものを吐き出したんじゃ……」

「つまり、親分、『相模屋』の心中事件は、だれかが女将と竹蔵という男に石見銀山を飲ませて殺した事件だったんじゃないかといいてぇんですかい？」

定吉が急に興奮した面持ちになっていった。

「ああ。それに『相模屋』の息子の宇吉が、おれに妙なことを訊いたんだ」

「なんて、訊いたんです？」

小夜が柳眉《りゅうび》を寄せて、小皺を作って訊いた。

「おっかさん、ネズミにかじられて死んだんでしょ？……てな」

一同は息を呑んだ。

（聞こえてくるようだぜ。罪の跫《あしおと》が……）

重蔵の顔はいよいよ険しいものになっていた。

四

「るい、おっかさんがお客さんと寝ているなんて、どうしてそんな余計なことを岡っ引きの親分にいったりしたんだっ」

通夜《つや》の客も帰り、疲れて寝入ってしまった宇吉を自分の部屋まで抱いてきて布団に寝かしつけたるいが、弓の遺体のある居間の奥の広い部屋に戻ってくると、宇兵衛が忌々《いまいま》しそうな顔つきで詰《なじ》るようにいった。

「言い出したのは、宇吉よ。わたしは、重蔵親分がそうなのかって訊いてきたから、頷いただけ」

るいは、顔を突き出し、肩を怒らせている。

すると、宇兵衛は湯吞み茶わんに酒を注ぎながら深いため息をつくと、

「すべては自分がまいた種だ……」

と、つぶやくようにいい、酒を一息に飲み干した。

宇兵衛自身のことと も、自分を指していっているともとれる物言いに、何といっていいかわからず、るいはただ黙っていた。

「お弓を後添えに迎えるといったとき、おまえは強く反対した。今更だが、おまえのいうとおりにすればよかった……」

宇兵衛は、弓の遺体にちらりと視線を向けていうと、また空《から》になった湯呑み茶わんに酒を注いだ。

「まったくいい年をして十歳も年下で、しかも、女郎に入れあげて、なにも見えなくなるとはな。我ながら呆れかえってものがいえない……」

宇兵衛は自嘲の笑みを見せて、また酒をごくごくと飲み干した。

宇兵衛は、弓が竹蔵とだけではなく、女郎だった弓を目当てに泊まりにくる客たちとも関係を持っていたことを、ずいぶん前から知っていた。

しかし、そのことをだれにも隠していたし、弓を責めることもしなかった。

宇吉は、間違いなく宇兵衛と弓の子供である。馬鹿な子ほど可愛いと世間の人はいうが、異形な容姿で生まれてきた赤ん坊の宇吉を宇兵衛は不憫だとは思うものの、可愛いとは到底思えなかった。

弓の腹から宇吉を取り上げた産婆《さんば》から「男の子です」と聞いたときは、跡取り息子が生まれたと飛び上がるほど喜んだ宇兵衛だったが、それはほんの一瞬のことだった。

生まれたばかりの宇吉を見たとたん、宇兵衛は奈落《ならく》の底に落ちていく思いに眼が眩《くら》み、産婆が宇吉を差し出してきたとき、思わず「ひっ」と声をあげ、あとずさりして抱くことを拒んだ。人とは思えぬ形をしている赤ん坊の宇吉が、ただただおぞましく、気持ち悪かったのである。

(欲をかいたわたしが悪いんだ。子供は、娘のるいだけでよかった。『相模屋』を守るだけならば、るいに婿を取ればそれで済むことなのに、年甲斐もなく若い女郎に狂った挙句、跡取り息子が欲しいなどと思ったから、こんな罰が下ったんだ……)

宇兵衛は、宇吉を見るにつけ、同じことを胸の内でつぶやくようになっていったのだった。

弓は、宇兵衛が部屋を別々にし、同衾《どうきん》しなくなったことを恨めしく思いながらも、離縁してくれとはいわなかった。

いや、離縁しようにも身内のいない弓にはいくべきところがなかったのである。宇吉を産んだがために、岡場所にさえ舞い戻ることもできないのだ。

そんなあるとき、馴染み客だった竹蔵がふらりと現れた。弓は竹蔵に体を許した。奇形児の宇吉と、宇吉を産んだ自分のことも疎んじるようになった宇兵衛の薄情さへの当てつけだったに違いない。

やがて、竹蔵のように吉原の見世、『飛田屋』で人気者だった弓への未練が捨てきれず、抱かせてくれとはっきり口にする客もくるようになった。

弓はそんな客にも愛想を取り繕ったり、連れなくしたりと女郎ならではの手練手管《てれんてくだ》を使って常連客にし、そのうちの自分好みの何人かには抱かれていた。

やがて弓は、宇兵衛の前で見せびらかすように竹蔵とじゃれあうようになり、竹蔵がこない日の夜は他の客に抱かれて、聞こえよがしに悦楽の声をあげ、宇兵衛は何度もその現場を障子の隙間から見ている。

弓は宇兵衛に見られていることを知っていた。幾度も宇兵衛と目が合ったからである。目が合うと、弓はいっそう艶《なま》めかしい声をあげ、激しく乱れた。それもこれも宇兵衛を困らすためであり、当てつけだった。

だが、宇兵衛は弓を責めることは決してしなかった。見て見ぬふりを続けたのである。すると弓は、宇吉が乳離《ちばな》れすると、一切面倒を見なくなった。

それにしても迂闊《うかつ》だったと、今になって宇兵衛は悔やんでいる。宇兵衛と弓の歪んだ関係や、弓が客と不義密通を働いていることをるいと宇吉が知っていたとは思ってもみなかったのである。

宇吉が生まれてからのことを、つらつらと思い出していた宇兵衛は、不意にるいに視線を向け、

「おまえ、弓のことがそんなに憎かったのか？」

と、低い声でいった。

るいは、はっとして顔を上げ、宇兵衛の顔を見つめた。

（おとっつぁん、なにをいっているの？――まさか、わたしに罪をなすりつけようとしているんじゃあ？……）

しかし、るいには、宇兵衛がなにを考えているのか判断できなかった。

（迂闊に本心をいってはいけない……）

るいは、自分自身にそう言い聞かせ、

「おとっつぁんのほうこそ、どうなの？」

身構えながら、恐る恐る訊き返した。

宇兵衛は、るいから視線を外《はず》して酒をあおり、

「ずいぶん夜も更けた。もう寝なさい」

と、やけに穏やかな口調でいった。

るいは、ますます戸惑い、混乱した。

「おとっつぁんも寝たほうがいいわよ」

そう言い繕うのがせいいっぱいだった。

「ああ。もう少ししたらな」

「じゃ、おやすみなさい」

るいが立ち上がると、るいに、宇兵衛がなにかを言い忘れたことを思い出したように声をかけてきた。

「なに？」

「もし、またあの岡っ引きの親分がきたとしても、二度と余計なことをいってはいけない。いいな？」

さっきまでの穏やかな口調は嘘のように消えて、宇兵衛は濁ったどろんとした目で、ギッと恐ろしいまでに睨みつけている。

るいは、身震いした。宇兵衛の中に隠れ棲んでいる、得体の知れない魔物が姿を現したように感じたのだ。こんなことははじめてだった。

るいは、怯《おび》えを必死に隠しながら無言でうなずいて、部屋から出ていこうとすると、

「それから、宇吉は頃合いを見て里子に出す」

と、るいの背中に向かって付け足した。

（ひどい……）

るいは振り返り、怒りを込めた目で宇兵衛を睨みつけたが、それ以上反駁《はんばく》すること

はできなかった。宇兵衛のあまりの非情さに言葉を失っていたのである。

底冷えのする自分の部屋に戻ったるいの脳裏に、宇兵衛が放ったいくつかの言葉が幾度となく木霊《こだま》した。

急に体がぶるぶると勝手に震え出した。寒さのせいばかりではなかった。宇兵衛の非情さが、どんどん恐ろしくなってきたのである。

るいは、火鉢の灰を掘り起こし、炭を取り出して息を吹きかけたが、炭が小さくなり過ぎている。

そんな種火のようになっている小さな赤い炭を見ていると、るいはどうしようもなく心細くなってきた。

るいは、寝息を立てている宇吉を見つめた。すると、宇吉と同い年のときに流行り病で死んだ母のことが恋しくてたまらなくなった。

宇兵衛が、はじめて弓を家に連れてきたとき、るいは動揺した。十五になったばかりだった。

父親の宇兵衛を汚らわしいと思い、弓の美しい顔立ちが憎々しく見え、死んだ母親と比べようとした。だが、るいは母の顔が思い出せなくなっていた。それがいっそうるいを悲しくさせた。

るいは、弓が母親だということを認めないという意志を示すためにも、「お弓さん」と呼ぶことにした。それがせめてもの抵抗だった。

弓に「おるいちゃん」と呼ばれても、返事をしなかった。それでも弓と父は怒ったりしなかった。いや、怒れなかったのだと思う。それを知っているからこそ、るいはわざと弓に邪険《じゃけん》に振る舞ってやった。

家のあちこちに、たちこめはじめた弓という女の匂いが、母の匂いを消し去っていくようで、やり切れなかったのである。

そして『相模屋』にきてすぐに、弓は身ごもった。すると、宇兵衛はそれまで以上に弓を壊れ物を扱うように大切にするようになり、るいはいよいよ孤独感に苛《さいな》まれるようになっていった。

だが、尋常ではない姿の宇吉が生まれると、状況は一変した。手のひらを返したように、父は弓にも宇吉にも冷たくなり、まるでいないかのように振る舞いはじめたのである。

弓は、食べ物が喉を通らないようになり、頬骨が浮き出るほど見る間にやせ細っていき、家にきたばかりのころの美貌は見る影もなくなっていった。

部屋を別々にするようになった宇兵衛は、仕事一筋になって家にいることが少なくなっていき、たまにるいと顔を合わせると、機嫌を取るつもりなのだろう、やたらと小遣いをはずむようになった。

だが、深刻な問題が持ち上がった。宇吉の面倒を見なくなった弓に代わって乳母を雇うことにしたのだが、宇吉を一目見たとたん、みな驚いて引き受けてくれないのだ。

仕方なく、るいが宇吉の面倒を見ることになった。当初は、優越感からだったように思う。跡取り息子のはずが、自分ではなにひとつできず、人目にさらすことも憚《はばか》られる異形の子なのである。それに比べ、年ごろになったるいは、『相模屋』にやってくる客たちからも美しい娘だといわれ、買い物などで外に出れば老若男女問わず振り返り、口々に美人だと褒めたたえられるようになっていたからである。

だが、るいは、どうしてなのかわからないのだが、見知らぬ人から、美しいといわれればいわれるほど虚《むな》しい気分になるのだった。いや、恐ろしささえ感じるようになっていた。

宇吉が奇形で生まれてきたのは、自分が呪ったからではないのか？　いや、きっと、そうに違いないと思い込むようになり、宇吉を見るたびに怯えるようになったのだった。

そんな恐怖から逃れるかのように、るいは宇吉から片時も離れず、なにくれとなく面倒を見るようになったというのが本当のところなのだ。

（人は、わたしのことを見た目もきれいなうえに心までやさしく、美しいというけれど、とんでもないわ。世間の人たちの目は、どうしてそんなに節穴なの?! わたしは狡《ずる》くて、醜い心しかもっていない偽善者なのよ……）

宇吉の寝顔を見ながら、そう胸の内でつぶやいているうちに、頬に熱いものが幾筋も伝ってきたが、るいは拭おうとはしなかった。

そして、

（ごめんね、宇吉。でも、いくら謝っても、こんな姉ちゃんを許しちゃ駄目よ。わたしは、とんでもない罪を犯したんだから……）

胸の内で、そういいながら嗚咽《おえつ》した。

五

翌日、弓の亡骸は、『相模屋』の菩提寺である冬木町《ふゆきちょう》の玄信寺《げんしんじ》に葬られた。

重蔵と京之介、定吉の三人がふたたび『相模屋』を訪れたのは、葬儀を終えたころだろうと見計らった昼四つだった。

宇兵衛は迷惑そうな顔をしたが、慇懃《いんぎん》な態度で三人を迎えた。

「今日は、どんな御用でございますか?」

三人を居間に招いた宇兵衛は、露骨に不機嫌な顔を拵《こしら》えていった。

「あんたに見てもらいたいものを持ってきたんだよ」

重蔵が目で定吉に合図を送ると、定吉は持ってきた風呂敷を宇兵衛の前に差し出して、結び目をほどいて広げた。

風呂敷に包まれていたのは、蓋のない箱に入った鉄瓶と割れたふたつの湯呑み茶わんだった。

それを見た宇兵衛は、思わず目を剝いたが、必死に表情を崩すまいとしているのを重蔵と京之介は見逃さなかった。

「これらに見覚えはあるかね?」

重蔵が淡々とした口調で訊いた。

「見覚えがあるかといわれれば、それはありますよ。どこにでもある鉄瓶と湯呑み茶わんですからね。ほら、ここにも同じ鉄瓶があるじゃないですか」

宇兵衛は、自分の前にある長火鉢にかけてある鉄瓶を顎で指していった。

と、障子が開いて、るいが、

「失礼いたします」

と、しずしずと茶を運んできた。

定吉は、ぱっと顔を明るくさせ、るいに視線を注いでいる。

「確かに、どこにでもある鉄瓶と湯呑み茶わんだ」

重蔵は、るいが目の前に置いた茶の入った茶碗を持っていった。

宇兵衛の顔に不安の色が走った。

「るい、下がりなさい」

「はい……」

色白のるいは、さらに顔を白くして、「失礼いたします」といい、一同に軽く会釈して部屋から出ていった。

そんなるいのうしろ姿を定吉は、重蔵や京之介に気付かれないように目で追っている。

「だがね、おれが持ってきた鉄瓶と湯呑み茶わんが他のものとちょいと違うのは、この鉄瓶には石見銀山を入れられた跡があるってことだ。割れたふたつの湯呑み茶わんの飲みさしにも同じく石見銀山がほんの少し残されていることがわかった」

昨日、重蔵たちは『相模屋』に戻ってきて、事件現場の二階の窓の下に落ちていた鉄瓶と割れた湯呑み茶わんを拾って、奉行所に持っていき、検死の役人に毒が入っているかどうか調べさせたのである。

そして、検死の役人が、鉄瓶と湯呑み茶わんに残っている液体に銀匙《さじ》を触れさせると、銀匙が黒く変色し、石見銀山が混じっていたことが判明したのだ。

「そうですか」

宇兵衛は、能面《のうめん》のように表情を消して答えた。

「宇兵衛、この鉄瓶と割れた湯呑みをどこで見つけたと思う？」

京之介が口を開いた。

「さあ」

宇兵衛は、小首を傾《かし》げて、しらを切った。

「この家の裏だよ。心中騒ぎがあった二階の窓の真下に落ちていたんだ。こりゃあ、いったいどういうことかねぇ」

京之介の顔には薄い笑みが浮かんでいる。

「わたしが、二階のあの部屋から、その鉄瓶と湯呑みを捨てたとおっしゃりたいんですか⁈」

宇兵衛は、気色《けしき》ばんだ顔でいった。

「宇兵衛、往生際《おうじようぎわ》が悪いのもいい加減にしねぇかい。朝早く白魚漁に出る漁師が、この近くの大川にきたとき、二階のあの部屋の窓が開いて、おまえさんが、この鉄瓶と湯呑みふたつを投げ捨てる姿を見ているんだ。それでも、まだしらを切るつもりか！」

重蔵は下っ引きたちに昨日一日かけて、近くの大川に船を出す漁師たちに、宇兵衛が二階からなにか物を落とした姿を見た者がいないか探させ、ついに見たという漁師を見つけたのである。

宇兵衛は苦渋に満ちた顔になり、なにかいおうと口を開こうとした、そのときだった。

部屋の外から、

「宇吉っ、しっかりしてぇっ。おとっつぁん！　きてぇっ、宇吉が、宇吉がっ……」

と、るいの泣き叫ぶ声が響いた。

真っ先に立ち上がって部屋を出ていったのは、定吉だった。そのあとに重蔵と京之介、宇兵衛が続いた。

中庭が見える廊下を奥へ小走りに一同が進んでいくと、るいの声は宇吉といる部屋からだった。

部屋に足を踏み入れると、宇吉がげぇげぇと胃の腑のものを吐き、部屋の中は饐えた臭いが立ち込めていた。

「定、医者だっ、医者を呼んでくるんだっ」

重蔵は、宇吉のそばでおろおろしている、るいをどかせ、宇吉を抱きかかえて叫ぶようにいった。

「へ、へいっ」

定吉は脱兎《だっと》のごとく部屋から走り出していった。

「おい、坊主、しっかりしろっ」

重蔵が、胃の腑のなかにあるものを吐き終えて真っ青な顔色になっている宇吉にいうと、

「おいら……ネズミを……やっつけようと……しただけなんだ……」

と、虫の息でいった。

「ど、どういうことなんだ、宇吉⁈」

宇兵衛は腰を抜かしそうになりながら、宇吉を抱きかかえている重蔵の近くにきていった。

るいは、口に手をあてて、泣き出しそうな顔になっている。

「おとっつぁん……」

宇吉は、見えない目を宇兵衛に向けて、必死に笑みを作ろうとしているように見えた。

「宇吉、おとっつぁんは、ここにいる。見えるか？……」

宇兵衛は、だらりと下げている宇吉の布が巻かれていない右手を握っていった。

「おいら……おっかさんが……悪いネズミにいじめられないように……やっつけてやろうと思っただけなんだ……」

宇吉は、はぁはぁと息苦しそうになっている。

「?!――」

宇兵衛は、一瞬、眉をひそめた。宇吉がなにをいっているのか、わからないのだろう。

だが、今そんなことを問い詰めている場合ではないと思ったのか、宇兵衛は、

「そうか……うん。そうだったのか……」

といい、宇吉に向かって何度も頷いている。

「親分、あった。石見銀山が、押し入れの中に隠してあったよ」

いつの間に部屋の中を探していたのか、京之介が押し入れの近くに立って、押し入

れの中から取り出したと思われる小さな壺を手にしていた。

　京之介に視線を向けた宇兵衛とるいは、愕然とした顔をしている。

（そういうことか……宇吉は何度か二階のあの部屋にいって障子の隙間から、竹蔵の腕に彫られてあったネズミの入れ墨を見ていたのだろう。そして、竹蔵に抱かれている弓が顔を歪めながらあげている悦楽の声を、泣き声だと勘違いしたのだ。だから、竹蔵が泊まりにくることを知った宇吉は、猫いらずで、弓を泣かせているネズミを退治してやろうと思って、鉄瓶の中に猫いらずを入れたのだ……）

　重蔵がそう胸の内でつぶやいていると、まるで重蔵の胸の内をのぞいていたかのようにるいが、

「宇吉は、猫いらずはネズミを殺すもので、それを人が口にしても死ぬなんて思っていなかったんですよ、きっと。だけれど、自分のおっかさんが死んだことが不思議でしょうがなかった宇吉は、もしかしたらと自分でも猫いらずを飲んでみたんだわ……」

　と、目に涙をいっぱいに溜めながら、絵解きをするようにいった。

　るいは、頭の働きが弱い宇吉が、よもや竹蔵と弓に石見銀山を飲ませたとは夢にも思わなかった。宇兵衛が湯の入った鉄瓶の中に、猫いらずを入れてふたりを毒死させ、

そのあとで心中に見せかけようと、匕首でふたりに刺し傷をつけたと考えていたのである。

だからこそ、るいは、宇兵衛が恐ろしかったのである。だが、それを口に出して確かめるのは、さらに恐ろしく、口を閉ざしていたのだった。

一方、宇吉は、女将の弓が猫いらずでネズミ退治をしているのを見ていて、弓がどこに石見銀山をしまっていたのかも知っていたのだろう。

「──るい姉ちゃん……おいらも……死んじゃうの？……」

というと、宇吉は重蔵の腕から離れようとするかのように、びくっと体を震わせたと思いきや、ぶぉっと鮮血を吐いた。

「宇吉〜っ……」

るいが泣き叫んだ。

「るい……姉ちゃん……おっかさん……お客さんたちとは……一緒に寝るのに……どうして……おいらと……寝てくれなかったのかなぁ……おいら、おっかさんに抱かれて……寝たかったな……」

「宇吉っ……」

宇兵衛は、そういったきり言葉を詰まらせた。

「おとっつぁん……生まれてきちゃって……ごめんなさい……」

宇吉の体じゅうの力が消えて、重蔵の腕の中でぐったり重くなった。

「坊主！　おい、しっかりしろっ！」

重蔵は、宇吉を揺すりながら、叫んだ。

「――うぐっ……ううっ、うううっ……」

宇兵衛の口から、妙な声が漏れてきた。見ると、大粒の涙をぽとぽとと落としている。

その横にいる、るいも、体をわなわなと震わせながら咽《むせ》び泣いている。

と、けたたましい足音が聞こえてきて、定吉が医者を連れて部屋に入ってきた。

六

猫いらずを口にし、死の淵《ふち》をさ迷った宇吉は、定吉が連れてきた医者が毒消しの薬を飲ませ、なんとか一命を取り留めた。

だが、医者は、今夜が山だろうといい、一晩付き添って治療に専念するので、一同は居間にいてくれといった。

「おとっつぁんは、おまえが弓と竹蔵に石見銀山を飲ませたとばかり思っていたんだが、まさか宇吉だったとはな……」

居間に戻った重蔵たちに宇兵衛は、なにかが抜け落ちたように悄然《しょうぜん》としていった。

「竹蔵と女将を心中に見せかけようと匕首を使って、ふたりの体に刺し傷をつけたのは宇兵衛、おまえさんだな？」

重蔵が確かめた。

「はい。そのとおりです。偽ろうとしたわたしを、どうぞ罰してくださいまし……」

「おとっつぁん……」

るいは、流れる涙を着物の袖で拭っている。

宇兵衛が自分のしたことを黙して語らなかったのは、竹蔵と弓が二階の部屋で胃の腑にあったものと血を吐いて死んでいるのを見て、娘のるいがふたりを殺そうと石見銀山を鉄瓶に入れたと思い込んだからだったという。

るいは、後妻の弓を母親とは認めず、不仲が続いていたうえに、宇兵衛との間に宇吉を産んでおきながら、女郎時代からの馴染み客だった竹蔵と体の関係を持ちはじめた弓を汚らわしいと忌《い》み嫌っていた。だから、宇兵衛は、るいがふたりを殺そうとしても、おかしくはないと思ったのである。

しかし、娘に人殺しを決意させてしまったのは、すべて自分の身勝手さからはじまったことだと悟った宇兵衛は、なんとしてもるいを守らなければならないと強く思ったのだという。

「るい。おとっつぁんは、おまえのおっかさんをとても大事に思っていたんだ。それは本当だ。だが、それなのに、弓を娶《めと》ってしまった。そして、生まれた宇吉はあんな身体だ。わたしは罰が当たったと思ったよ。そうしたら、弓への気持ちもいっぺんに醒《さ》めてしまった。わたしは、本当に自分勝手な人間だね――こんなことが起きて、ようやくわかったよ。こんなおとっつぁんなら要らない。おまえは、きっとそう思っていただろうね。だが、おとっつぁんがあんな謀《はかりごと》をしたのは、おまえを守ろうとしたからなんだ。そのことだけは、わかっておくれ……」

るいを守るために、宇兵衛は、弓と竹蔵が心中したように見せかけることを思いついたのである。そして、弓と竹蔵が胃の腑のものと同時に吐き出した血を雑巾《ぞうきん》で拭い、そのあとで匕首でふたりを刺したのだ。

るいと同じく、宇兵衛もよもや七つの宇吉が、石見銀山をふたりに飲ませたなどとと思いも寄らなかったからだ。

夜が白々と明けはじめたときだった。

居間の障子が開き、宇吉の診療をしていた医者が疲れきった顔を見せた。

「先生……」

るいが、まっさきにすがるように医者を見つめて声を出した。

「意識を取り戻した。もう、大丈夫だ。あとで、粥《かゆ》を作って食べさせなさい」

医者のその言葉に、一同は安堵《あんど》のため息をついた。

「それでは、わたしはこれで失礼する」

「ありがとうございました。お見送りいたします」

宇兵衛はそういって、医者と一緒に部屋を出ていった。

「あのぅ……」

るいが、重蔵と京之介のどっちに訊けばいいのだろうと迷いながら、ふたりの顔を交互に見ていった。

「なんだね?」

重蔵が訊いた。

「宇吉は、お咎《とが》めを受けることになるんでしょうか?」

るいは、心配でたまらないという顔をしている。

そんなるいを、定吉は痛ましそうな顔で見つめていた。

「若旦那——」

　重蔵が、京之介に答えてくれるよう、目で促すと、

「坊主はネズミを退治しようとしただけだ。そんな坊主を人殺しの罪に問うことなんざ、おれも、いや、だれも望んでいやしないだろう」

　と、京之介は涼しい顔で答えた。

　るいは、ぱっと顔を明るくさせたが、すぐに、

「では、おとっつぁんは……」

　また不安げな顔になって訊いた。

「弓と竹蔵は不義密通を働いていた。その罪は重いのだ。不貞を働いた妻もその相手をも夫が殺してもよいことになっていることくらい知っているだろう？」

「でも……」

　るいは、どういったらいいのかわからず口ごもった。

「女将は病死、竹蔵は事故死として届を出していることが気がかりかね」

　重蔵が助け船を出すようにいった。

「はい……」

「なにもまた新たに騒ぎ立てることもないと思うが、親分はどう思う？」

「若旦那と同じ考えです」

「おとっつぁん――」

ほっとしているが、宇兵衛の姿を探すと、医者を見送りにいった宇兵衛はまだ戻ってきていなかった。

翌日、宇兵衛は変わり果てた姿で見つかったのだった。

七

宇兵衛が家の中から姿を消した日の午後遅く、『相模屋』と書かれた無人の舟が大川の下流に浮かんでいるのを、早朝から白魚漁に出ていた漁師が見つけ、自身番に知らせてきた。

そして、宇兵衛はさらに一日経ってから、変わり果てた姿で白魚漁の網に引っかかって発見されたのだった。

宇兵衛は、可愛がってやることができなかった息子、宇吉の罪と申し訳ない気持ちを背負って死んだのである。

「わたしと宇吉を残して自分だけ楽になるなんて、おとっつぁんはどこまでも自分勝手な人だわ……」

　自身番にひとりでやってきたるいは、変わり果てた宇兵衛の亡骸に対面すると、目に涙をいっぱいに溜めてつぶやくようにいった。

　宇吉は、すっかりよくなったが、人目もあって外に連れ出すわけにはいかなかったし、なにより母親と父親を相次いで亡くしたことを告げるのは、あまりにも酷だと思ったのである。


「るいさんは、これからどうするんでしょうねぇ」

　宇兵衛が発見されてから、さらに二日が経った夕方、番屋廻りを終えた重蔵と京之介が、居酒屋『小夜』で晩飯を食べるために寄ると、注文を訊きにきた小夜が尋ねた。

「娘のるいが、『相模屋』を継ぐらしい」

　重蔵が答えた。

「まだ若いのに、うまくいくといいけれど……」

　小夜は他人事《ひとごと》ながら心配そうな顔をしている。

「芯《しん》のしっかりしている娘だ。きっと大丈夫さ」

　重蔵は自分に言い聞かせるようにいった。

「そういえば、定吉さんは、まだ具合が悪いんですか？」

小夜が思い出したようにいった。

「うむ。髪結いの仕事も休んで、もう何日になるかな。今日も朝から布団に入って横になったきりで、飯もろくに食べていないから心配なんだが、どこも悪くないから心配いらないの一点張りでね。いったいどうしちまったのかなぁ」

重蔵は顔を曇らせている。

「親分、刻《とき》がいるよ」

「え？」

京之介がいった意味がわからず、重蔵は怪訝な顔をしている。

小夜も不思議そうな顔を京之介に向けて、

「若旦那、どういう意味ですか？」

と訊いた。

「振られたんだよ、るいに――」

京之介がこともなげにいった。

「え？」

重蔵がまた訊き返した。まったく意味がわからなかったのだ。

「定のやつ、『相模屋』のるいに惚れていたんだよ」

　京之介がいうと、

「ええっ⁈」

　と、重蔵と小夜が同時に同じ声をあげた。

「宇兵衛の葬儀があった日、定のやつ、るいに困ったことがあったら、なんでも遠慮なくいってくれ。力になるからっていったらしいんだが、るいに袖にされたそうだ。るいは、一生独り身で、宇吉とふたりで暮らすといったらしいよ。それで、定はすっかり腑抜《ふぬ》けになっちまったのさ」

　京之介は顔に、うっすら苦笑いを浮かべていった。

「若旦那、その話、確かなんですかい？」

　重蔵は、信じられないとばかりに眉を寄せている。

「親分、嘘をいってどうする。一昨日、本人から聞いたから間違いない。定のやつ、二十七にもなっての初恋に敗れたんだ。永くかかるだろうね」

「そうだったんですかい。そりゃ、なんていったらいいか――女将、おれは、どうしたらいいかね？」

　重蔵は明らかに狼狽《うろた》えている。

「どうしたらいいかって、なにをです？」

小夜は、ぽかんとした顔を向けている。

「いや、だから、定吉が寝込んでいるのは、『相模屋』の娘のるいに振られたからだって、今、若旦那がいっただろ？　だから、どうしたら、元気になるかね？」

おろおろしている重蔵を見て、小夜は、ぷっと噴き出して、

「親分、だから、若旦那が、さっきいったじゃありませんか。〝刻がいる〟って――」

と、笑いたいのを堪えながらいった。

「ああ、そうか。いや、しかし、おれにできることがなにかひとつくらいあるんじゃ――」

重蔵が言い終わらぬうちに小夜は、被《かぶ》せるようにいった。

「あ・り・ま・せん」

「――そうか。ないか。そりゃ、困ったな……」

重蔵は腕組みしながら、難しい顔をして、首をひねって、ぶつぶつと独り言のようにいっている。

そんな重蔵を小夜は微笑んで見ながら、

（親分は、そういうことには、本当に疎《うと》いんだから……）

と、胸の内でつぶやいていた。

第二話　小さな夜に

一

端午《たんご》の節句《せっく》を祝い、江戸の人々の着物が、夏に向かって裏地のある袷から単衣《ひとえ》に替わった皐月《さつき》初旬の夕暮れどき――。

番屋廻りを終えて、同心の千坂《ちさか》京之介と別れて家路に向かっていた重蔵は、五間堀《ごけんぼり》の弥勒橋《みろくばし》の近くまできたとき、不意に足を止めた。

川岸に植わっている新緑の葉をつけた柳の木の下で、見覚えのある若い女が思いつめた顔をして、橙色《だいだいいろ》に染まっている水面《みなも》をじっと見つめていたのである。

「おい、おたき」

二間ほど離れたところから声をかけてみたが、若い女は重蔵の声が耳に入らないようで、顔色をなくした思いつめた顔のまま川面を見つめているだけだった。

丸髷《まるまげ》を結ったたきは、ぽっちゃりした丸顔をしており、大きな目は下がり気味で、それが愛嬌になっていたのだが、今は見る影もないほどやつれている。

居酒屋『小夜』で働いていたたきは、一年前に客として通ってきていた桶《おけ》職人の新《しん》作《さく》に言い寄られて所帯を持って店を辞めた。今は北森下町《きたもりしたちょう》の長屋に住み、近くの荒《あら》物屋《ものや》で手伝いをしているはずである。

「やっぱり、おたきじゃないか。いったいどうしたんだい。そんな思いつめた顔をして」

ただならぬものを感じた重蔵は、たきのそばまでいって、顔を覗き込むようにして訊いた。

重蔵の顔を目の前にしたたきは、はっと我に返ると、見る間に目を潤《うる》ませて、

「親分、もう、なにもかもいやっ……あたし、どうしたらいいのかわからないっ……」

そう叫ぶように言うと、そのまましゃがみ込んで、声をあげて子供のように泣き出した。

（まいったな。さて、どうしたものやら……）

重蔵は泣き止みそうもないたきを見下ろしながら、懐手《ふところで》して胸の内でつぶやいていた。

ちょうどそのころ、小夜は強い西日が差し込む二階の寝間の窓辺にもたれかかるようにして、うたた寝していた。昼飯時の混雑で疲れていたのである。

開け放ってある窓の下は竪川《たてかわ》の河岸の通りで、行商人や使い走りの奉公人、金魚やところてんなどの振り売り、夕餉《ゆうげ》の菜《さい》を買って家路を急ぐおかみさんたちが足早に歩いている。

額に細かな汗を浮かべ、すぅすぅと小さな寝息を立てている小夜は突然、どこかを針で刺されたかのように、ぴくっと体を弾かせて目を覚ました。

（――ふぅ。暑い……）

小夜は額の汗を左手の甲で拭いながら、眠りに落ちたときに手から落ちた団扇《うちわ》を拾い上げて扇いでみたが、むっとした風があたるばかりだ。

頭の上に吊るされている淡い水色の風鈴も、さっきから涼《りょう》を呼ぶ音ひとつ聞かせてくれない。

外に目を移すと、紅《べに》を溶かしたような朱色に染まっていた西の空が少しずつ薄闇に変わりつつある。

四十二になった小夜は団扇をふたたび畳の上に置き、白っぽい洗いざらしの浴衣《ゆかた》の乱れを直すと、鏡台《きようだい》に向かった。

鏡に映った自分の顔を右から見たあと左から見、正面に戻すと顎を少し上げて見てから、首を引いてじっと見つめていた小夜は、無意識に眉間《みけん》に皺を作り、短いため息をついた。

色白の細面《ほそおもて》の顔にはきれいに整った長眉、その下にくっつくように切れ長の黒眸《くろめ》がちの眼。つんと高い鼻に薄い唇は、ややもすると冷たい印象を与えるが、それが却《かえ》ってなんともいえない色気を漂わせており、四十二には見えない美しさを保っているものの、首筋や目じりの皺は隠しようもなく、いやが上にも年を取ったと実感せざるを得なかったのである。

小夜が松井町一丁目にあるこの家の二階で、居酒屋をはじめてから十一年になる。

深川にくる前は日本橋の小網町《こあみちよう》二丁目の奥まった所にあるしもた屋で、大店の呉服商・相馬屋彦左衛門《そうまやひこざえもん》という男の妾として暮らしていた。

小夜は、元は吉原の大まがき「岩狭屋《いわさや》」の豊風《とよかぜ》という名の花魁だったが、年季が明ける年に彦左衛門に身請けされて、囲われるようになったのである。

しかし、運悪く豊風を身請けしたとたん相馬屋は傾き、妾となって半年も経たぬうちに、わずか十両の手切れ金を渡されて彦左衛門との関係は切れたのだった。

別れ話と手切れ金を差し出されたときは、さすがに驚いてがっかりしたものの悲嘆に暮れたり、我が身の不運を呪ったりすることはなかった。

そもそも小夜は雪深い越後《えちご》の生まれで、四つのときに両親を流行り病で失い、その後は親戚の家々をたらい回しにされた揚句、六つで若狭屋に売られてきて養女になったのである。

そして義母によって、芸事を厳しく仕込まれながら磨かれて花魁となったわけだが、ひと皮剝けば元はただの田舎生まれの孤児だ。

苦界《くかい》に身を沈めた多くの女郎が若くして死んでいく中で、たとえ少額であろうと身請けされ、旦那に捨てられたがために晴れて自由の身になれたのだ。

その幸運に感謝こそすれ、なにを恨むことなどあるだろう。悩むべきは、これからひとりでどうやって生きていけばいいのか、ということだけである。

小さいころから三味線や端唄《はうた》の芸を仕込まれ、歌も詠めるし見事な字も書けるから、それを生かして暮らしていく道もあったのだが、小夜はそうする気にはなれなかった。

そんなことをしていれば、いずれどこその暇と小金を持った商人の旦那が囲いたいといってくるだろう。

男は恋しいだの、おまえのためなら命も賭けるだのというけれど、しょせんは色欲を満たそうとするための代価として大金を使い、その金の切れ目が縁の切れ目となるだけのことだ。

これまでいったい何人の男に抱かれてきたことか。どれだけの金を貢《みつ》がせ、身を滅ぼしていった男たちを見てきたことだろう――そんな過去を振り返ると、小夜は身の毛がよだつ思いがしてしまう。

そうして小夜は、考え抜いた末に貯めた金で居酒屋を営んで、自分ひとりの力で生きていこうと決めて深川にやってきたのである。

深川にやってきてからしばらくして、彦左衛門は店を畳んで行方知れずとなったと風の噂で聞いたが、小夜は少しも動揺しなかった。

だが、彦左衛門と別れたのがひと昔前になった今、こうして鏡で自分を見ていると、

（あの人は、どうしているんだろう？……）

と、ときどき思うことがある。

もちろん、未練などあろうはずもないし、会いたいなどという気持ちは微塵《みじん》もない。

おそらく、老いを認めざるを得ない年になったとき、だれもが己の過去に対して抱

く単なる感慨だろう。

化粧を直し終えると、いつの間にか空気が幾分か涼やかになり、宵の色が増してきていた。

そろそろ店を開ける時刻である。小夜は重い腰を上げた。

するとそのときだった。

「女将、いるかい？」

勝手口のほうから、低いがよく通る重蔵の声が響いてきた。

「はい」

端唄で鍛えたよく通る声をあげた小夜は、怪訝な顔をして、

（親分、こんな早い時刻にいったいどうしたのかしら？）

そう胸の内でつぶやきながら、階段を下りて勝手口に向かった。

小夜の詳しい過去を知っているのは、深川一帯を取り仕切っている岡っ引きの重蔵だけである。小夜が居酒屋をはじめたばかりのころ、毎晩のように地回りがとっかえひっかえやってきて泣かされたものだ。

そんなある夜、ふらっと店に入ってきた重蔵が、ならず者たちを相手に『おれは深川の重蔵ってもんだ。今度おれの妹に手を出したら、ただじゃおかないっ。おまえら

の仲間たちにもそう伝えろ。わかったなっ』と啖呵《たんか》を切って追い払ってくれたのである。

そして、ふたりきりになったある夜、小夜ははじめてぽつりぽつりと自分の過去を語りはじめ、重蔵は黙って酒を飲みながら聞くともなしに聞いてくれたのだった。

どうして重蔵にだけ誰にも話したことのない過去をしゃべってしまったのか、小夜は今もはっきりとはわからない。

重蔵が、小夜を自分の妹だといい、ならず者たちを追い払ってくれたからという理由だけではないだろう。なんといえばいいのか、重蔵はなにもかも受け入れてくれる器の大きな人間だとしかいいようがない。

もし、重蔵と出会わなかったら、おそらく自分は深川にこれほど長くいることはなかっただろうと、常日ごろから小夜は思っている。

「まあ、おたきじゃないの。いったいどうしたの？」

小夜は、所帯を持って店を辞めてから、久しく会っていなかったたきを見て目を丸くした。

「五間堀のあたりを歩いていたら、このおたきが、じっと川面を見つめて立っていたんだ。ずいぶん思いつめた顔をしていたもので、いったいどうしたんだって訊いたら、突然、声をあげて泣き出してね。で、ようやく泣き止んだと思ったら、とにかく家には帰らない。手伝いにいっている荒物屋の女将さんも呼んでくれるなの一点張りさ。じゃあどうするんだって訊いたら、あたしにはもう帰る家はないって、また泣き出してね。それじゃあ前に働いていた女将さんのところはどうだっていったら、ようやく首を縦に振ってくれたんで、こうして連れてきたってわけなんだ」

苦笑いを浮かべている重蔵の顔には、きっと痴話喧嘩《ちわげんか》だろうよ、と書いてあるように小夜には見えた。

「そうでしたか。それは、ご迷惑をおかけしました」

小夜は、しおらしく頭を下げた。

「いやいや、迷惑がかかるのは、女将さん、あんたのほうだろうが、ここはひとつおたきを預かってやってくれないかい」

「女将さん、すみません。でもあたし、いくところがないんです。もう本当にいくところが……」

たきは、ぽろぽろと涙を流しはじめた。

「わかったから、もう泣くのはおやめなさい」

と、小夜はたきにいい、

「ええ、わかりましたよ、親分さん。あたしが預かります」

　と、重蔵に目を向けた。

「そうかい。よかったな、おたき」

「親分、女将さん、ありがとうございます……」

　たきは、着物の袖を目に当てながら、ふたりに何度も頭を下げている。

「とにかく入んなさい。あたしは、これから店を開けなきゃならないから、おまえは気持ちが落ち着くまで二階で休んでなさい」

「じゃ、おれはこれで――」

　踵《きびす》を返す重蔵の背中に、小夜は、

「親分、ちょいと一杯、ひっかけていってくださいな」

　と、声をかけた。

「そうしたいところだが、野暮用《やぼよう》があるんだ。今度にさせてもらうよ」

　重蔵は顔だけ小夜に向けていった。

「そうですか。それじゃ、近いうちにきっと店に寄ってくださいね。お待ちしていますから」

「ああ」

重蔵は背中を見せたままそういうと、小走りになってその場を去った。

小夜は、六尺ほどもある長身で、がっしりした重蔵のうしろ姿が暮色《ぼしょく》の中に消えていくまで見送った。

二

わけを何も聞かぬまま、たきを二階に上げた小夜が、飯台を拭いたり床を掃いたりしながら店を開ける準備に取りかかっていると、

「女将さん、こんばんは。今日も暑いねえ」

と、料理場を任せているたね婆さんが勝手口から店に入ってきた。

「本当にねえ」

小夜は、手を止めて腕で額に滲んでいる汗を拭きながら、なにごともなかったように笑顔を見せた。

ずいぶん前に亭主を亡くしているたね婆さんは、店のすぐ近くの長屋で大工をしているひとり息子の峰吉《みねきち》とふたりで住んでいる。

店をはじめた当初、小夜は酒の肴を近所の佃煮屋や惣菜屋から適当に買って出して

いたのだが、飲みにきたたね婆さんの息子の峰吉が、

「女将さん、買ってきたものそのまんま出すんじゃ、あんまりだ。うちのおふくろは料理がうまいから、よかったら使ってみてくれませんか」

といって連れてきたのだった。

はたして、たね婆さんの作る手料理は本当においしく、そのうえ物静かなのが気に入って、そのまま働いてもらうことにしたのである。

「すいません、女将さん、遅くなっちゃって――」

たね婆さんに続いて、つねが慌てて走り込んできた。

「おつね、またどこをほっつき歩いていたんだい？」

十九になるつねは、同じ長屋に住むたね婆さんが働かせてやってくれと連れてきた娘である。小夜がひとりできりきり舞いしている姿を見かねてのことだった。

それだから、普段は物静かなたね婆さんもつねだけには、何かと強い口調で小言をいうのだ。

「いいのよ。遊びたい盛りだもの。さ、おつね、軒行燈《のきあんどん》に灯をいれるのを手伝ってちょうだいな」

「はい」

小夜が、縄のれんを手にして表戸を開けると、男がふたり手拭いで汗を拭きながら立っていた。

「お小夜さん、待ちくたびれちまいましたよ」

「お小夜さんの涼しげな顔を見ると、このくそ暑さも吹っ飛ぶよなあ」

青物の振り売りをしているさぶと、飲み仲間で棒手振りの魚屋の捨吉《すてきち》である。

「お待ちどおさま。ささ、どうぞ」

店を開けて少しすると、次々に顔見知りの客たちがやってきて、二十人ほど入る店内は、あっという間にあらかたいっぱいになった。

「銚子二本、冷で」「おう、こっちは三本でぇ。あと煮〆《にしめ》にめざしくれぇ」「お小夜さん、一杯、付き合ってくれよ」——店はいつもこんな調子で、賑やかになる。

酒を飲みにやってくる物売りや職人、奉公人たちの話題はたいてい仕事や女房の愚痴、あるいは嘘か誠かわからない他人の噂話ばかりだが、小夜は不快に思うことはなかった。皆それぞれに苦しい生活に追われ、一日の仕事が終わっても口うるさい女房と騒々しい子供たちがいる長屋にまっすぐに帰る気がせず、こうして束の間、安酒と少しの肴を飲み食いしながら憂さ晴らしをしにきてくれるのだ。

時には、延々と愚痴を聞かされて閉口したり、正体を失うまで酔い潰れて寝てしまう者やツケを溜める者、小夜をだめ元で口説《くど》く者もいたりして厄介《やっかい》なこともあることはあるが、剝き出しの金と色欲だけが渦巻く廓《くるわ》の世界に比べればどうということはない。

この店にくる者たち、少なくとも常連客は良いところも醜いところもひっくるめた、正直なあるがままの人間の匂いがする、と小夜は思うのだ。

三

「話がなければ、あたしは休むよ」

ふたつ並べて敷いた夜具の上に蚊帳《かや》を吊るしながら、小夜は部屋の隅でつくねんとしているたきにいった。

店仕舞いを早く終えた小夜は、たきと一緒に湯屋にいってきたのだが、その間もたきは何も語ろうとはしなかったのである。

（やれやれ――）

と思いながら、小夜が蚊帳の中の夜具に入ろうとすると、

「うちの人、浮気したんです……」

たきが蚊の鳴くような声で、ぽつりといった。

「おおかた、そんなところだろうと見当はついていたけれどねぇ……」

小夜は、呆れた顔で蚊帳の前で座り直した。

「ただの浮気じゃないんです」

たきは、キッと小夜を睨みつけるようにしていった。

「ただの浮気じゃないって、それじゃあどんな珍しい浮気なの？」

たきの視線を受け止めてから、小夜が放った言葉の中には、小さな毒が含まれていた。

さっき湯屋で見た、たきの若々しい裸体を見たせいかもしれなかった。

たきの体は骨細で浅黒いが、若い肌には張りがあって、陸湯《おかゆ》をかけると湯を弾くほどだった。そのうえ、嫁入り前に比べて体全体から固さのようなものがなくなって丸味を帯び、くびれた腰から肉付きのいい大きな尻のあたりからは匂うような艶めかしさを漂わせていた。

それに比べて、小夜の肌は透き通るような白いままだが、小ぶりな乳房も尻も垂れ気味で、湯を弾くことはもうなくなっている。

小夜は、たきに女としての衰えを見せつけられた気がしたのだった。

「よりによって家で……隣のおりきさんと――」

体を固くしているたきの目が潤みはじめ、膝に置いている両方の手をぎゅっと握りしめている。

「…………」

小夜は、そのりきという女を知らない。

「三十すぎの、ふたりの子持ちの後家《ごけ》です」

たきは、ぽつりぽつりと話しはじめた。

たきの亭主で桶職人の新作は四日前に食あたりで、三日三晩ひどい下痢と嘔吐を繰り返して死ぬ目に遭ったのだという。同じ親方のもとで働いている兄貴分の竹次《たけじ》と安居酒屋に飲みにいき、そこで食べた刺し身があたったようなのだ。

昨日になってようやく下痢と嘔吐は治ったのだが、たきは新作に体が本調子に戻るまで大事を取ったほうがいいといって今日も仕事を休ませた。

たきより二つ上の二十二の新作は、職人としての腕はまだ半人前で、よくしくじりをして、そのたびに親方に叱られるのだが、真面目が取り柄の男で、たきはそんなところに惚れて嫁になったのである。

むろん、たきは、新作にできるだけ早くに一人前の桶職人になってくれることを望んでいるし、子供も産みたいと思っているのだが、その一方で夫婦になってまだ一年なのだから、もう少しふたりきりの甘い暮らしをしていたいとも思っている。

そして今日、荒物屋の手伝いがいつもより早く終わったたきは、夕餉の仕度にはまだ早い時刻だったこともあり、甘党の新作の好きな三色団子を買って、家で退屈をしているにちがいない新作のもとにいそいそと向かった。

いつもは、戻ってくれば暗くなっている長屋の路地は、まだ明るかった。

たきは、足音を忍ばせて家に近づいた。早く帰ってびっくりさせてやろうという思いと、もしかしたら新作は眠っているかもしれないとも思ったからである。

もし夜具にくるまって新作が眠っていたら、こっそりもぐり込んでやろう——たきは、そう考えるだけで、体が火照《ほて》ってきた。

だが、戸を開けたとたん、たきは目の前に広がっている光景に驚いて、手に持っていた三色団子を、ぽとんと土間に落としてしまった。

夜具の上で新作と女が素っ裸になって、犬がするようなあられもない格好でまぐわっていたのである。

新作は荒い息づかいで腰を前後に激しく動かし、新作とつながっている女は淫《みだ》らな喘《あえ》ぎ声を押し殺しながら下げた頭を左右に振っている。

たきは、なにが起きているのか、とっさにはわからず、しばらくぽかんと口を開けて、ふたりを見つめていた。

「あっ……」

女のむっちりした大きな白い尻に両手をあてがい、腰を前後に激しく振って女の秘部を突いている新作が、たきに気付いて顔を向けたとたん、小さく声を出して動きをぴたりと止めた。

「ねぇ、どうしたのさぁ……」

動きを止めた新作を不審に思った女が、詰《なじ》るようにいいながら背後の新作に顔を向けようとしたとき、たきと目が合った。

女は隣に住んでいるりきだった。髷《まげ》を乱して上気しているりきの顔にはうっすら汗が浮かび、数本ほつれ毛がひっついていて、妙に淫靡《いんび》で艶めかしい。

「――これは、まいったねぇ……」

りきは平然とそういうと、新作とつながっていた体を離して、そばに脱ぎ棄ててあった浴衣を手で引き寄せた。

たきの視線は、ふたりの子供がいるとは思えないほど、りきの大きくて形のいい乳房に吸い寄せられた。

「ごめんなさいねぇ」

じっとり汗ばんでいる体に浴衣を着たりきが悪びれる顔を見せることなく、土間に下りようとしたとき、たきはようやく我に返って、なにが起きていたのかを理解した。

「おたきっ！……」

新作がいったが早く、たきは家を飛び出した。

新作のたきの名を叫ぶ声が何度か聞こえたが、たきは何かに追われるようにして走り続けた。

どこをどう走ったのか、そのあとのことはよく覚えていない。

気がつくと、たきは五間堀の水面を見つめていた。

水面に映るたきの顔は青白く、歪《ゆが》んでいた。

どれくらいそうしていたのだろう。

（もうあの家には帰れない……）

それぱかり胸の中で繰り返していた気がする。

頭の中には、まぐわっていた新作とりきのおぞましい姿が、鮮明に焼きついていて離れない。

たきは、新作にあんなふうに可愛いがられたことがない。いや、求められても、きっと断っていただろう。

だが、あんなふたりの姿を心底いやらしいと思う一方で、妙に艶めかしく上気していたりきの淫靡な顔を見たとき、そんなにいいのかしら？　と思ったのも正直なところだった。

新作が望んだのだ、とも思った。真面目が取り柄だと思っていただけに、たきはなおいっそう深く裏切られた気持ちになってくる。

そんなときだ。

『やっぱり、おたきじゃないか。いったいどうしたんだい。そんな思いつめた顔をして』

川面を見つめていたたきの目の前に、重蔵の頼もしい顔が突然現れて、たきは我に返ったのだった。

そして、

『親分、もう、なにもかもいやっ……あたし、どうしたらいいのかわからないっ……』

そう叫ぶようにいうと、そのましゃがみ込んで、声をあげて子供のように泣き出したのだった。

四

「どこが、ただの浮気じゃないのよ。よくある話じゃないか。それでどうするつもりなの？」

たきの話を聞き終えた小夜は、感情のない声でいった。

「え？」

たきは、一瞬、意味がわからないという顔で小夜を見た。

「だから、これからどうするつもりなのかって訊いているの」

小夜は、眉間に薄い皺を作って問い詰めるようにいった。

「どうするって……」

「離縁する？　それとも死ぬ？」

小夜は、畳みかけるようにまた毒のある言葉を吐いた。

「…………」

たきは、そのどっちも一度も頭に浮かんだことがない。ただ、新作のいない遠い場所にいってしまいたいと思っていただけである。ましてや、死ぬなどと思いもつかなかった。どうしてりきのような淫らな雌犬のせいで、自分が死ななければならないというのか。

「気持ちが落ち着いたら家に帰ることだね」

「いやです」

たきは、きっぱりといった。

「新作さんも魔が差しただけよ。許しておやんなさい」

「うちの人も許せないけれど、死ななきゃならないのは、あのおりきって女です。人の亭主を寝取っておいて、平気な顔をしているなんて人間じゃないっ」

「！……」

たきのその言葉に、小夜はかさぶたを無理やり剝がされたような痛みを感じて言葉を失った。

（人の亭主を寝取っておいて、平気な顔をしているなんて人間じゃない、か……）

かつては、自分もこうして数えきれないほどの女房に憎まれたことだろう。

だが、そうすることでしか自分も含めた吉原の女たちは、生きていけなかったのだ。

（じゃあ、おたき、いわせてもらうけれど、亭主がそんなことをしたのは、おまえが浮気せぬように楽しませてあげてなかったからじゃないのかい?!）

そう胸の内で思った小夜は、はっとすると同時に、素人女の小娘にむきになっている自分が情けなくもなった。

そんなことを思って、たきを見ていると、

「女将さん、しばらくここに置いてください。あたしは、両親とも死んでいるし、帰る実家がないんです。植木職人をしている兄さんが浅草にいるけれど、子供が四人もいて、義姉さんの尻の下に敷かれているし、そんなところにあたしがいけば兄さんも迷惑がるに決まってるんです。だから、女将さん、しばらくここにいさせてください。このとおり、お願いですっ」

たきは畳に両手をついて、額をこすりつけるようにして頼み込んだ。

「わかったから、もう頭をお上げなさい」

そんなたきの姿を見ているうちに小夜は、さっきまで自分の中にあった毒がすっかり消えていた。

「いいんですか？」

顔を上げたたきは、すがるように小夜を見た。

「いいも悪いもないでしょ。だけど、新作さんは、すぐにおまえがここにいることを嗅ぎつけてくるだろうから今晩だけだよ。迎えにきたら、一緒に帰るのよ、いいわね？」

が、たきは無言のまま、何もいわない。

新作は、たきを口説きに口説いてやっと女房にした男である。きっと明日にでもたきのいきそうなところを片っ端から探し回って、ここにやってくるにちがいない。

だが、たきがその場ですぐに、はいそうですか、と一緒に帰ることはないだろうと小夜は踏んでいる。

さっきは新作を許してやれとはいったものの、隣に住んでいる子持ちの後家女と家で乳くり合っていたのだ。よほどのお人好しでもない限り、すんなりとはいかないだろう。

その一方で、たきに新作と別れる気などないのも見て取れる。

今晩だけいていいといった小夜だったが、しばらくは様子を見るしかないだろうと思い直し、布団の中でたきに気付かれないようにため息をついた。

五

翌日、案の定、新作は昼にならないうちに小夜のもとを訪ねてきた。

仕事を休んで、朝早くからたきのいきそうなところを探して、あちこち駆けずり回ったのだろう。汗だくになっている。

たきは、いないといってくれといったが、そうもいくまいと小夜は立ち会うことにして、新作を二階に上げた。

「おたき、おれが悪かった。二度とあんなことはしねえから、一緒に家に戻ってくれねえか」

新作は病み上がりのうえに眠っていないのだろう、目の下にくまをつくった顔で頭を下げた。

が、たきは、

「あのおりきと一緒に暮らせばいいでしょ」

と、にべもない。

「だから、あれは本当にもののはずみで魔が差しただけなんだよ、おたき……」

新作の言葉とその様子から、心から悔いているのだろうと小夜は思った。

たきもそんなことはわかっているのだろうが、新作にこうもあっさりと謝られれば、心に余裕が生まれて勝ち誇る気持ちになるというものである。

小夜はへたな人情芝居を見ているような気分になったが、一方でうらやましい気持ちにもかられていた。

小夜は、これまで何人もの男たちに傅《かしず》かれたことはあるが、それはあくまで遊びのようなものにすぎない。

数えきれないほどの男に抱かれて性の快楽は知り尽くしたが、それは交わっているときだけの話で、事が終われば、肌に触れられただけで嫌悪を感じたものである。

たきと新作は、惚れた腫れたと大騒ぎの末に夫婦になったのだ。それに比べて、自分は一度も夫婦というものを経験したことがない。

考えてみると、自分は身も世もなく恋い焦がれた男がひとりもいなかったと、二人を見ていて今更ながら気付かされたのだった。

「女将さんの前で、いつまで頭を下げているのよ。みっともないったらありゃしない。もう帰ってちょうだい」

たきは、薄汚いものを見るような顔を拵えて、新作に厳しい言葉を浴びせている。

今日のところは、これ以上なにをいっても無駄だと思ったのか、新作はやつれた顔を上げると、ごくりと生唾を呑んで立ち上がった。

六

たきが、小夜の家に寝泊まりするようになって、五日が経とうとしていた。

その間、新作が一度も顔を見せることがなかったならば、たきは新作がりきとまた浮気をしているのではないかと疑心暗鬼《ぎしんあんき》になったかもしれないが、新作は毎日店を開ける前後にやってきた。

そして、以前のように手伝いをするようになったたきを店の隅に呼び寄せて、早く戻ってきてくれと懇願していた。

しかし、そうなればなったで、たきはますます頑《かたく》なになって、

「放っといてっていってるでしょ、しつこいわね」

と、つっけんどんな物言いをする。

それでも新作はあきらめて帰らず、それほどいける口でもないのに隅の席でひとり、銚子一本を舐めるようにして、たきの店を手伝う姿をじっと見つめているのだった。

小夜は、そんな新作とたきの様子を毎夜のように定吉を連れて店にきてくれる重蔵にこっそり伝えているのだが、重蔵は苦笑いしながら聞いているだけで関わろうとは

しなかった。

（夫婦喧嘩は犬も食わないって、親分も思っているんだわ）

そんな重蔵を見ていると、小夜は思わず微笑んでしまう。たきはたきで、重蔵に対しても迷惑をかけたことなどすっかり忘れたかのように接している。

だが、小夜は内心、嫌な予感にかられていた。それというのも、最近になって常連客のひとりになった若くて様子のいい由松《よしまつ》という若い男が、事情を知らないこともあって、たきになにかと言い寄るようになっているのだ。

たきはたきで、新作に見せつけているつもりなのだろう、由松にからかわれると、うれしそうに黄色い声をあげたりするのである。

由松は錺《かざり》職人だということだが、こけた頬のあたりや落ち着かない目配りに、他の常連客たちとは違う荒《すさ》んだ翳《かげ》りが見て取れるのだ。

「おたき、いい加減にしないと、おまえさん今に泣きを見ることになっても、あたしは知らないよ」

堪りかねて小夜がいうと、

「他の男といちゃいちゃするのが我慢ならないなら、あの人、昔みたいに怒ればいいのに、それもできないなんて情けないったらありゃしない」

と、たきは強気を崩さない。

夫婦になったのを機にたきが『小夜』を辞めたのは、酔客《すいきやく》たちにからかわれるのが我慢ならないと新作が怒ったからだと、小夜にうれし気にいったものだ。

しかし、口では強気なことをいうたきだったが、昼飯を食べると、毎日外に出ていって、しばらく戻ってこなかった。新作がちゃんと桶屋の仕事場に出ているのかどうか、確かめにいっているのだった。

二日前、食材を買いにいったたね婆さんが、元町《もとまち》にある新作の親方の家を隠れるようにして覗き込んでいるたきの姿を見たと、小夜に教えてくれたのである。

「そりゃあ、浮気した亭主の新作が悪いに決まっているけれど、男なんて浮気する生き物だから、しょうがありませんよ」

と、料理の仕込みをしながら、たね婆さんは淡々とした口調でいった。

小夜は、たきに何があったのかたね婆さんにはいっていないが、様子を見ていればおおよそわかるというものだ。

「大工だったあたしの亭主も、しょっちゅう岡場所にいっちゃあ、女遊びをしてずいぶん泣かされたものですよ。まあ、それでも、あたしには峰吉がいましたからね、なんとか我慢もできたんですがね」

「そうねえ。おたきにも子供がいれば、おたねさんのように我慢もできるようになるんでしょうけれど――」

小夜が相槌《あいづち》を打つようにいうと、

「でもね、もし、あたしがおたきの母親で新作の浮気を知ったとしても、新作を叱り飛ばすことはできませんねえ」

と、たね婆さんは、いつになく饒舌《じょうぜつ》だった。

「あら、どうして？」

小夜は眉間に薄い皺を拵えて、たね婆さんの顔を見て訊いた。

「あれは、ちょうど女将さんと同じ四十を少し過ぎたくらいのときのことですよ。あたし、無性に浮気をしたくなりましてねぇ」

たね婆さんは、いきなり驚くようなことを告白しだした。

「おたねさん、それで、まさか……」

小夜は、まじまじとたね婆さんを見た。

「ふふ。はい。たった一度きりですけどね」

小夜は、たね婆さんが、あまりにあっさりと認めたので思わず絶句した。

たね婆さんは、手を動かしながら顔を下に向けていたが、口元を恥ずかしそうに歪めている。

「亭主がしてきたことへの当てつけとかお返しだとか、そんな気負ったもんじゃありません」

たね婆さんの物言いは、あくまで静かで淡々としている。

それが却って、小夜の興味を引いた。

「好きな人ができたの？」

「そんな浮いた話なんかじゃありませんよ」

たね婆さんは、顔を下に向けたままだ。

「じゃあどうして……」

小夜は、たね婆さんのどんな変化も見逃すまいと見つめている。

「ちょうど月のものが、あったりなかったりしたころでね。ああ、もう少ししたら、あたしは女でなくなると思ったら、なんだか無性にね、自分が女だってことを確かめたかったんでしょうよ。亭主がどこぞでいつものように飲んだくれてる夜に、峰吉を置いて、ふらっと家を出ましてね。遠くの知らない居酒屋に飲みにいって、そこにいた名前も知らない男といきずりに――」

「そうなの……」

小夜は、聞いてはいけないことを聞いてしまった気がしていた。

しかし、たね婆さんは、小夜の気持ちを知ってか知らずか、なおも続けた。

「だけど、ああいうもんは、心を許した相手じゃないと、気持ちいいも悪いもないもんなんですねぇ。そんなことよりなにしろ素性も何もわからない相手ですからね、ただただ怖かった」

それはそうだろう。名前も知らないいきずりの男なのだから、何をされるかわかったものではないのだから。

「だったら、そんなことしなくてもいいものをねぇ。ふふ。人間てのは馬鹿な生き物なんでしょうねえ。やってみなくちゃわからない。あたしはそのことを墓場まで持っていこうと決めたんですけど、そのうちに亭主がころっと死んでしまった。でもね、しばらくしたあとで、あたしは思ったんですよ。あのとき浮気しといてよかったかもしれないって――」

「それはまたどうして？」

「抱かれて気持ちよかったら、またどこぞの男の女房になってたかもしれませんからね。ふふ。今は、しわくちゃ婆《ばばあ》でも、そのころはまだ、こんなあたしでも後添えにって話がなくもなかったんですよ。だけど、もしそんなことになっていたら、峰吉がまともに育ってくれたかどうか。いや、あんな孝行息子には育ってくれなかったでしょうよ、きっと――」

小夜は、たね婆さんの若いころを想像してみた。

確かに顔の作りは悪くないから、器量もよかっただろう。

「峰吉さんは、本当に母親孝行な息子さんですものねえ」

たね婆さんの息子の峰吉はときどき、この店に酒を飲みにくるが、それは母親がどうしているのか気がかりなだけで、銚子の一本も空けるとたね婆さんに声をかけて、すぐに家に帰るのが常だった。

「お世辞だってわかっていても、女将さんにそういってもらえると、あたしは本当にうれしいですよ」

たね婆さんは、そのときになってようやく顔を上げて、うれしそうに笑みを見せた。

「お世辞なんかじゃないわ。でも、おたねさん、今日に限って、どうしてそんなことをあたしにしゃべっちゃったの？」

たね婆さんは、長屋住まいにしては口数の少ない、おとなしい人で、余計なことはいわないのだ。

「あ、はい。すっかり前置きが長くなってしまいましたが、女将さん、急な話で申し訳ないんですけど、お店を辞めさせてもらいたいんです」

たね婆さんは、またまたびっくりするようなことをいう。

「それはまたどうして？」

すると、たね婆さんは穏やかな笑みを浮かべて、

「峰吉が嫁をもらうことになったんですよ。それが親方の娘さんで、お花《はな》さんというんですけど、峰吉ったら、おふくろをひとりにしとくのはかわいそうだから、一緒に住もう。お花もぜひそうしてくれっていってるというもんですから」

といった。

「まあ。そんなおめでたいことならいいも悪いもないですよ。おたねさん、これまで本当にありがとう。峰吉さんもいいお嫁さんをもらうことができて、さぞや幸せになるでしょうよ。おたねさんも苦労のし甲斐があったというものねえ。楽隠居《らくいんきょ》して、長生きしてくださいな」

「あたしのほうこそ、女将さんのおかげで小金を貯めることができたし、本当に感謝しています。これで孫の顔でも見ることができたら、あたしは本当に幸せで、いつ死んでも構いませんよ」

「そんな縁起でもないことをいうもんじゃないわ。でも、そう遠くには引っ越さない

んでしょ？　近くにきたときは、顔を見せてくださいね」

「ええ、ええ、そりゃもう。女将さんも、どうぞお体には気をつけてくださいまし」

「ありがとう」

たね婆さんは、両国《りょうごく》の川開きの前に店を辞め、深川の南森下町《みなみもりしたちょう》のしもた屋に引っ越すという。

「あたしが、だれにもいったことがない浮気した話をしたのは、女将さんだからですよ」

「え？」

小夜が訊き返すと、

「女将さんは、なんていったらいいか……どんな馬鹿なことをしたといっても、それを許してくれるような雰囲気をもっているんですよ。おたきが女将さんを頼ってきたのも、だからなんですよ、きっと」

たね婆さんは、穏やかな笑顔のままでいった。

だが、小夜は、

（あたしは、おたねさんがいうような、そんな大きな器《うつわ》の人間じゃないわ……）

と、胸の内でつぶやいていた。

（自分が女だってことを確かめたかった……）

七

いつものように夜までの休みの間、西日が差し込む寝間の窓辺によりかかるようにして、外をぼんやり眺めていた小夜は、たね婆さんが口にしたその言葉を胸の内で何度も繰り返していた。

暑気がいっそう強くなって、陽が落ちるのも遅くなっている。

たね婆さんは、月のものがあったりなかったりするようになったときに、無性に浮気がしたくなったという。小夜の体も今そうなっている。じゃあ、だれかに抱かれたいだろうか？　と自問自答してみたが、小夜にはそんな気持ちがさらさらないことに、却って不安を感じた。

そして、いつもは眼下に広がる人々の暮らしの風景を見ていると、穏やかな気持ちになるはずが、その日はそうはならず、胸の中にざらついた泡のようなものがふつふつと沸き起こってくるのだった。

（あたしは生きているんじゃなくて、ただ死なないでいるだけなんじゃないのかしら……）

小夜が畳に映っている自分の長くて黒い影を見つめながらそう思っていると、突然、外から聞き覚えのある男たちの喚《わめ》き声が聞こえてきた。

なにごとだろうと、小夜は部屋を飛び出すようにして階段を下りていった。

そして、外に出てみると、店のすぐ目の前の道に人だかりができていた。

小夜がその人だかりをかき分けていくと、新作と由松が摑み合って地面を転がりながら、「てめぇ、この野郎っ」「うるせぇ、馬鹿野郎っ」などと喚いて殴り合っている。

ふたりとも体じゅう土埃《つちぼこり》だらけになって、顔は腫れあがり、口から血を流している。

そして、由松が新作を押さえつけて上になると、懐から素早く匕首を取り出して鞘から抜いた。

「ぶっ殺してやるっ」

由松は右手に持った刃を宙に上げ、新作の心ノ臓をめがけて振り下ろそうとしている。

野次馬たちは驚き、「うわあぁぁ」「おお～っ」などと慄《おのの》いて、ふたりから遠ざかった。

「やめてぇっ！……」

そう叫んだのは、買い物から戻ってきたたきだった。顔面蒼白で、拳《こぶし》を固く握って仁王立《におうだ》ちになっている。そのそばの地面に買ってきた野菜が転がっている。

が、頭に血が上っている由松にはたきの声など届いていないのだろう。

「死ねっ！」

血走った目をした由松が刃を振り下ろした。

「いやぁっ！……」

たきが絶叫した。

と、そのときだった。

どこからか石礫《いしつぶて》が飛んできて、見事に刃を持っている由松の手首に当たり、「痛《いて》ぇっ」と由松が叫ぶと同時に刃をぽとりと地面に落とした。

「てめぇら、いい加減にしろっ！」

声のするほうを見ると、鬼の形相《ぎょうそう》をした重蔵が二人を睨みつけていた。

そして、土埃を上げて由松と新作に近づいていくと、懐から捕り縄を取り出して新作の上になっている由松の両腕を、あっという間に縛りつけた。

「お、親分、おれから手ぇ出したんじゃねえ。この野郎が、いきなりうしろからおれの襟首をつかんで殴りかかってきたんでぇ……」

「静かにしろっ。番屋でゆっくり聞いてやるから立て！」

重蔵は、まだ、はぁはぁと荒い息をして興奮している由松を無理やり立たせた。

「あんたっ……」

たきが、地面に手をついてまだ立てずにいる新作のところに走り寄ってきて、両手を広げて守るような恰好で由松を涙目で睨みつけた。

「うちの人に、なんてことしてくれるのさ！」

由松は、一瞬、ぽかんとした顔をすると、

「うちの人？——けっ、なんでぇ、おめぇ、亭主持ちだったのか……」

と、呆れた顔になった。

「いって！　あんたなんか、もう二度と顔を見せないで！」

「ああ、冗談じゃねえ！　だれがてめぇのような女の前に面《つら》ぁ、見せるかよ！」

由松は不貞腐《ふてくさ》れた顔で吐き捨てるようにいうと、ぺっと口の中から血の混じった唾を吐いた。

「あんた、大丈夫かい？……」

たきは、泣きながら、新作の腫れあがった顔に手を添えている。

「おたき……すまねえ……また、みっともねえ姿……見せちまったなぁ」

顔を腫らして口から血を流している新作は、泣き笑いの顔を見せている。

「本当だよ。こんなみっともないことして……」

たきは、ぽろぽろ涙を流している。

「おたき、おまえが意地を張り過ぎたせいで、大事な亭主が命を落とすところだったんだぞ。さぁ、とっとと亭主と一緒に家に帰って手当してやりな」

重蔵がいうと、

「は、はい。親分、助けてくれて、本当にありがとうございます。さ、あんた、一緒に家に帰ろう……」

たきは、そういうと、新作に肩を貸して立たせ、

「みなさん、お騒がせして申し訳ありません。女将さん、いろいろとありがとうございました。また、あとでお詫びにうかがいます」

と、泣き顔で弱々しく頭を下げて歩いていった。

そして、重蔵は、「由松、番屋にいこう」といって、由松を引きずるようにして連れていった。

小夜は、たきの肩に支えられながら、黄昏色《たそがれいろ》に染まっている通りを歩く新作と、重

蔵にしょっ引かれていく由松たちの姿が見えなくなるまで見送った。

八

五月二十八日――両国の川開きの日である。

その夜、小夜は、だれもいない店でひとり、飯台の上に頬杖をついて、ぼんやりしていた。たきが家に戻ったのが二日前で、たね婆さんは昨日、店を辞めた。つねには、今夜は店にこなくていいから花火でも見にいっておいでと休ませたのである。

常連客たちも今夜は、両国橋に集まって、打ち上げられる大輪の色鮮やかな花火を見ながら「玉屋《たまや》～っ」「鍵屋《かぎや》～っ」と、大勢の人たちと一緒に威勢のいい掛け声をあげながら、そこで酒を飲むことだろう。

小夜は店を開けてもしょうがないとも思ったが、かといって、毎年のことではあるけれど、二階の部屋から見える花火をひとりで見る気にもなれない。

夜空に打ち上げられる色鮮やかな花火を見ると、毒々しいまでに華やかだった花魁をしていたときの派手な暮らしが去来して、ひどく虚しい気持ちにさせられるからである。

闇に包まれている店の前の通りは、だれひとり歩いていないのだろう。物音ひとつせず、不気味なほどの静けさだ。

こうして店にいると、小夜は地の果てにたったひとりできてしまったかのような侘《わび》しさに襲われ、身震いするほどの寂寥《せきりょう》が身体を包むのを感じた。

「やっぱり仕舞おう……」

小夜は、ぽつりとつぶやいて腰を上げた。

そして、開けっ放しにしている入口にいき、縄のれんに手をかけたときだった。

人通りのない夜道を暑い日が続いているというのに、継ぎはぎだらけの汚れた短か袷に股引き姿の男が歩いてくるのが見えた。

どこか見覚えがあるような気がして目を凝《こ》らしていた小夜は、月夜に照らされたその男の顔がはっきりと見えたとき、どきりとして動けなくなった。

「おまえさん……」

男は、かつて小夜を囲っていた相馬屋彦左衛門だった。

だが、彦左衛門には、小夜の掠《かす》れた声が聞こえなかったようで、ゆらゆらと小夜の目の前を通り過ぎようとしている。

「こなたさま——」

小夜は、彦左衛門が目の前にきたとき、思わず廓言葉でふたたび呼びかけた。

「?!——花魁……」

はっとなって足を止めた彦左衛門は、小夜を見ると棒立ちになったまま、固まったように動かなくなった。

小夜もまた動けずに、彦左衛門を見つめているだけである。

目に映っている彦左衛門は、変わり果てた身なりもそうだが、鬢《びん》も黒いところより白いところが多く、ふっくらしていた顔もひどく細くなっていて、昔の面影はほとんどないといったほうがいい。

彦左衛門は小夜より十五上だったから、五十七になったはずである。

「花火?」

ようやくそれだけいえた。

彦左衛門は、弱く首を小さく振った。

「家に帰るところさ……」

小夜は、少し間を置いて、

「寄っていきませんか?」

といった。

「――金がない……」

「え？」

彦左衛門の声は、静けさと目の前にいることもあって、はっきりと聞こえたのだが、小夜には別のことをいっているように思えて、一瞬意味がわからなかった。

金がない――彦左衛門の口から聞いたことがない言葉だったからだろう。

「いいのよ、お金なんて……」

小夜の胸に、何故か不意に、熱いものが込み上げてきた。

彦左衛門は、まだ棒立ちのまま動かないでいる。

「さあ、どうぞ、さあ――」

小夜は、そばまでいって彦左衛門の手を取り、店の中に引き入れると、縄のれんと軒行燈を仕舞って戸を閉めた。

「いいのかな。本当に」

床几《しょうぎ》に座らされた彦左衛門は、小夜が注いだ盃を手に持ったまま、飯台に置かれている煮〆に目を落としていった。

「こなたさまからいただいたお金ではじめた店だもの、なんの遠慮があるものですか」

彦左衛門は、日雇いをしながら暮らしているという。住まいはどこなの？　と訊いても、身なりを見ればわかるだろ。裏店《うらだな》住まいだよとだけいい、どこの町のなんという長屋なのかまでは教えてくれなかった。

「お内儀さんや子供さんたちは、元気にしてる？」

小夜は手酌で飲みながら訊いた。

「なにをいってる。とっくの昔に別れたよ」

「⁈」

飲む手を止めて、小夜は、彦左衛門の顔を見つめた。

「いってなかったかな。花魁の馴染みになったとき、一生暮らしていけるだけの金を渡して離縁したんだよ」

ずいぶんと昔のことだからだろうか、彦左衛門はやけにさっぱりした口調でいった。

（――知らなかった……）

そういえば、日本橋で妾になっていたときも、小夜は彦左衛門の家に一度もいったこともなければ近寄ったことさえなかった。

彦左衛門の家のことなど、どうでもいいと、小夜はそのころ思っていたのである。

「どうしてそんなことを？」

「わたしは、ふたりの女の相手をできるほど器用じゃないからね」

「…………」

知らないことばかりだった。

だが、小夜は、あることに思い当たった。

「もしてかして、お店が傾いたのも、あたしにお金を使いすぎて……」

花魁だったころ、彦左衛門のことを小夜は好きでも嫌いでもなかったが、やけに金払いのいい男だと思ったものだった。

しかし、いくら大店の呉服商の主だといっても、毎夜のように見世にきて花魁を相手に使う金は尋常な額ではなかった。それでも彦左衛門は平気な顔をしていた。

「もう昔の話だ」

彦左衛門は、うっすらと笑みを浮かべている。

小夜は、背筋が寒くなった。

「でも、そうなのね……」

小夜は顔から血の気が失せていくのを感じながらいった。

「遊んだツケが回ってきただけの話だよ」

彦左衛門にあっさりといわれて、小夜は匕首で胸をぐさりとやられた気がした。

「さぞや、あたしを恨んだでしょうね……」

と、そのとき、『ひゅう……どどーん！』──打ち上げ花火の音が聞こえて、小夜はびくっと体を震わせた。

「なにをいってる、花魁。わたしは自分の金を使って、充分に遊んだんだ。後悔なんてものもしていないし、ましてや花魁をどうして恨むことなんてあるというんだね」

彦左衛門の声には気負いは微塵もなく、かといって卑下《ひげ》したりしているふうでもなく、むしろ暑い日中に時折吹いてくる川風のように、さわやかささえ感じた。

『ひゅう……どどーん！　どどーん！……』──二発続いて、花火の音が鳴った。

「玉屋」「鍵屋」の声までさすがに聞こえてこないが、両国橋は重さで壊れるのではないかと思うほどの人で埋まり、人々は威勢のいい掛け声をあげていることだろう。

だが、今こうして静かに彦左衛門と向き合っている小夜には、打ち上げ花火もなにもかもどこか遠い国で起きていることのような気さえしている。

「わたしはね、花魁をひと目見たときに、家も商いも捨てたんだよ」

「どうして……」

蒼白になっている小夜に、彦左衛門はさっきから変わらぬ穏やかな笑みを向けている。

「男と生まれたからには、花魁のような手の届きそうもない女を囲ってみたい――そう思った。ただそれだけだよ。わたしは、元は貧しい長屋のしじみ売りからはじめた男だからね。そんな男でも大店と呼ばれる店を持ち、旦那様と呼ばれるようになった。だが、いくら金を儲けたところで、あの世まで持っていけるはずもない。あとはなにをすればいいのかと考えた。けれども、なにか道楽をしようにも何も思いつかない。仕方がないから吉原で茶屋遊びを覚えていくうちに花魁を見てしまった――川開きの夜だからいうわけじゃないが、あのときのわたしは一世一代の打ち上げ花火を上げたつもりだったんだよ」

小夜は、驚いて声も出なかった。これほど見事なまでに己の人生すべてを擲《なげう》って、こんな自分に入れあげた男が他にいただろうか。

男のことなら手のひらを読むように知り尽くしていると思っていた小夜だったが、身請けした旦那のことをこれほどまでに知らなかったとは……。

彦左衛門は、静かに酒を手酌した。

「あ、ごめんなさい」

「いいんだよ――わたしのほうこそ、本当にいいのかね、こんなに飲んじゃって。酒も久しぶりだよ」

「お酒を断っているの？」

「ああ。金がないということもあるけれど、日雇い仕事をしているからね。丈夫なつもりだったが、この年だ。酒を飲んだ翌日はさすがに堪えるようになってね」

小夜を囲っていたころの彦左衛門は、酒を多くは飲まないが、晩酌《ばんしゃく》は欠かさず、毎晩のように鯛や平目といった高級なお造りばかりをいくつも肴にしていたものである。

しかし、今、飯台に載っている肴は昨夜、たね婆さんが最後に作っていってくれた煮〆しかない。それを彦左衛門は、おいしそうに食べている。

そんな姿を見ていると、胸が締め付けられる思いがしてくるのだった。

「こんなものしかなくてごめんなさい……」

小夜は胸を押さえながら、喘ぐようにいった。

「だから、さっきからなにをいっている。ご馳走になっているのは、わたしのほうなんだから、申し訳ないのはわたしのほうだ――それにしても、これはおいしい煮〆だ。酒によく合う」

彦左衛門は、満足そうに目を細めて酒を飲んでいる。

「お酒、もう少しいいでしょ？　今夜は、川開きだもの」

小夜は、銚子を取って彦左衛門に酒を注いだ。

「川開きか。最後に花魁と打ち上げ花火を見たときから、もうどれくらい経つかなあ」

彦左衛門は記憶を手繰《たぐ》るような目をしている。

「十一年になりますよ」

年に一度のこの日、彦左衛門と小夜は屋形船を借り切って、大川の上で贅《ぜい》をこらした料理と酒を口にしながら大輪の華やかな打ち上げ花火を間近に見たものである。

「それきり、見ていない……」

「一度も？」

「ああ。昔を懐かしく思ったり、後悔なども少しもしていないんだがね、どうも花火だけは見る気になれない。どうしてなのか自分でもよくわからないけれど、昔から花火が終わったあとの暗い夜空を見ると、滅入ってしまってね」

小夜も同じだった。だから、今夜もひとりで花火を見ると、もっと虚しくなる気がして見ないことにしたのだ。

しかし、と小夜は思った。

「ねえ、こなたさま、二階にいって一緒に花火を見てくれませんか？」

なぜかわからないけれど、彦左衛門とならば、その虚しさも感じない気がしてきたのだった。

「ははは……花魁も酔狂《すいきょう》なことをいうものだね」

「こなたさま、その花魁という呼び方はもうなしですよ」

思い出した。身請けされて妾になっても彦左衛門は、決して小夜とは呼ばずに花魁と呼んで、廓言葉でしゃべってくれとせがんだものだった。

「そうか。そうだね。じゃあ、なんと呼ぼうかね」

「小夜。あたしの名前、忘れてしまった？」

小夜は、少し拗《す》ねたような顔を作って見せた。

「そうではないけれど——じゃ、お小夜さん、わたしも酔ったのかな、十一年ぶりに花火を見てみたい気分になってきたよ」

「ふふふ」

「ははは……」

小夜と彦左衛門は、小さく含み笑いをして腰を上げた。

『どどーん、どどーん!!……』——景気良い音を立て、遠くの夜空に花火が上がっている。

二階の部屋に腰を落ち着けた小夜と彦左衛門は、無言のまま、ただぼんやりと窓に切り取られた小さな夜空いっぱいに広がる花火を眺めていた。

（本当に、きれい……）

花火が打ち上がるたびに、小夜は心からそう思った。

不思議な気分だった。かつて大川に浮かべた貸し切り屋形船から間近で見た色鮮やかな花火よりも、今こうして遠くから見える花火のほうが、どうしてこんなにもきれいだと思うのだろう？　年を取ったからだろうか？――いや、そうではない気がする。

（きっと、寂しくないからだわ……）

ようやく小夜は悟った。自分は華やかな世界にいながら、ずっと孤独を味わっていたのだ。大店の呉服商、相馬屋彦左衛門に身請けされ、妾となって苦界から救われたが、彦左衛門は小夜を花魁と呼び続け、贅沢な暮らしをさせてはくれた。

しかし、小夜は、しょせん日陰の囲われ者の身だった。

そして、彦左衛門と切れると、深川にやってきて居酒屋を開き、毎晩常連客たちに囲まれて賑やかに暮らしてきたが、いつも自分はよそ者のような気がしていた。

店仕舞いをして、二階のだれもいない静かなこの部屋に上がってくると、その想いはいっそう強くなるのだった。

だが、十一年ぶりに再会した彦左衛門とこうして向き合っている今、小夜はこれまで一度も味わったことのない安らぎを覚えていた。

小夜は、ここに至ってようやく彦左衛門に自分と同じ人間の匂いを感じ取れるようになっていたのかもしれない。

「どうやら、花火も終わったようだね」

彦左衛門は、そういうと、滅入るといっていた夜空から目を移して、残っている盃を飲み干した。さっきまで見えていた月が、いつの間にか雲に隠れている。

チリリン——窓に吊るしてある風鈴が、微《かす》かに鳴った。

小夜は何気なく風鈴に目を向けると、

「あっ……」

と、思わず小さな声を出した。

「ん？」

ちらりと彦左衛門が、小夜を見た。

「こなたさま、花火が終わった暗い夜空に、あんなに小さな星たちがひっそりと輝きを放っていたんですねぇ」

小夜は、窓から見えている小さな夜空の星たちを指さしていった。

「本当だ。よぉく見ると、きれいなものだねぇ」

小夜は、今見ている夜空は世の中と同じなのかもしれないと思った。人は、打ち上げ花火のような目立つことばかりに目がいきがちだけれど、ああした星たちのように与えられた命を慎《つつ》ましく、しかし懸命に生きているのではないか――。

小夜は、今のこの静謐《せいひつ》なひとときに心が満たされ、揺り籠の中で眠りにつく赤子のような安らぎに包まれていた。

「ねえ、こなたさま――」

お小夜は、遠慮がちにいった。

「なにかね？」

彦左衛門は、夜空を見上げたままである。

「あたし、四十を過ぎたら、なんだか無性に酔狂なことがしたくなってしょうがないんですよ」

「ほぉ、十一年ぶりに会った落ちぶれた昔の男と花火見物するほかにも、まだしてみたい酔狂なことがあるのかね？」

彦左衛門は、さっきから少しも変わらぬ穏やかな笑みを浮かべてお小夜を見た。

「ええ、たくさん――」

お小夜は、それきり口をつぐんだが、本当は口にしていいたかった。

（こなたさま、怒らないで聞いて欲しいのだけれど、料理場を任していたお婆さんが昨日で辞めてしまって、困っているんです。こなたさまさえよかったら、明日からうちの料理場で働いて、あたしを助けてくれませんか？）

が、お小夜は、それを胸の内に仕舞い込んで、

「こなたさま、またあたしが酔狂なことをしたくなったら、お相手してくれませんか？」

と、恥ずかしそうにいった。

彦左衛門は、お小夜の問いには答えず、また不意に夜空に目を向け、

「ほぉ、きれいだ……」

と、独り言のようにいった。

小夜もつられて目を向けたが、さっきと同じように窓に切り取られた小さな夜空に星たちが淡い光を放っているだけだった。

翌日、重蔵と定吉、京之介が昼飯を食べようと『小夜』にいくと、店内は客でごった返していた。

「あら、若旦那に親分、定吉さん、いらっしゃいませ」

忙しそうに店内を小走りに動き回っていた小夜が足を止めて、にっこり笑いながら、明るい声を出していった。

「女将さん、相変わらず、繁盛してますねぇ」

定吉がいうと、

「はい。おかげさまで。さ、いつものお席へどうぞ」

小夜は切れ長の目で、奥の小上がりを指していった。どんなに客がこようとも、小夜は重蔵のためにいつもその席を空けているのである。

「なにになさいますか？」

重蔵たちが席に腰を下ろして少しすると、小夜が持ってきた麦茶を差し出しながら訊いた。

「女将さん、なにかいいことあったのかい？」

京之介が麦茶を手にしながら小夜の顔を見ていった。

「どうしてですか？」

小夜が笑みを絶やさずに訊き返してきた。

「いつにも増してご機嫌に見える」

「うん。おれにもそう見える。どんないいことがあったんですかい?」

京之介に続いて定吉もいった。

「いやだわ。おたねさんはお店を辞めちゃうし、いいことなんて、なんにもありませんよぉ」

小夜はそういうと、鈴が転がるような屈託《くったく》のない笑い声をあげた。

そんな小夜を見ながら重蔵は、

(彦左衛門さん、明るく楽しそうにして、すっかり居酒屋の女将が板についている小夜さんの姿、見てるかい?)

と、胸の内でつぶやいていた。

九

朝飯を食ったばかりの今朝早くのことである。

定吉が廻り髪結いの仕事で出かけたすぐあとに、尾上町《おのえちょう》の自身番屋の番太郎がやってきて、大川に男の土左衛門が浮かんでいたので、その亡骸を引き上げてある両国橋にほど近い空き地に一緒にきてほしいといってきた。

「殺しかい？」

　重蔵が足早に歩きながら知らせにきた番太郎に訊くと、

「いえ、体のどこにも傷はないそうですから、身投げか足を滑らせて川に落ちたかのどっちかじゃないかと――」

　と答えた。

「身元は？」

「それが、身元がわかるものはなにも身に着けていませんで、どこのだれべえか、わかりません。身なりから裏店住まいのものだってことはひと目でわかるんですが――」

　空き地に着くと、重蔵と番太郎は野次馬たちが集まっている中を分け入って、亡骸のそばに腰を落とし、亡骸に被せてある蓆《むしろ》をめくった。

　男は老人といっていい年ごろで、あちこち継ぎはぎをした汚れた短か袷に股引きを穿いていた。

「この仏さん、やけに穏やかな顔をしている。おそらく、覚悟のうえの身投げだろう」

　重蔵がいうように、男の死に顔は見ようによっては微笑んでいるようにも思えるほど安らかだった。

そして、念のため、体に刺し傷などがないか十手で袷の胸を広げると、重蔵は眉をひそめた。

（これは……）

男の心ノ臓あたりに幅が半寸、長さ二寸ほどの漢字三つの入れ墨が縦に刻まれていたのである。

（この男、昨夜、居酒屋『小夜』にいた人じゃあ……）

重蔵の脳裏に、昨夜のことが蘇った。

昨夜、重蔵は定吉と一緒に両国橋にいって花火を見終わったあと、仲間と飲みにいくという定吉と別れ、一杯ひっかけようと居酒屋『小夜』に向かったのだった。

しかし、軒行燈と縄のれんも仕舞われていたので、家に帰ろうとしたのだが、店の中から男の声と小夜の声が聞こえてきて、重蔵は思わず店の前で足を止めた。

（店を閉めているのに客がいるというのは、どういうわけだ？　まさか、流れのならず者じゃあ……）

もしそうなら放っとくわけにはいかない。小夜が助けを求める声をあげたら、すぐに飛び込んでいけるように重蔵は戸口に聞き耳を立てた。

すると、

『ねぇ、こなたさま――』

小夜の遠慮がちな声が聞こえてきた。

（こなたさま？……廓言葉だ。女将が吉原にいたときの馴染み客か？）

重蔵が胸の内でつぶやいていると、

『なにかね？』

戸を開けながら、男が振り向いた。

男のあとに続いて小夜が出てきた。

重蔵は近くの物陰にすっと身を隠した。そして、月明りを頼りに目を凝らして男の顔を見ようとしたが、男は背中を向けていて、あちこち継ぎはぎをした汚れた短か袷に股引きを穿いている様子だけ見えた。

「近くまでくることがあったら、また顔を見せてくださいませんか？」

小夜が恥じらいながらいった。

「さっき、流れ星を見たんだよ」

男は夜空を見上げて唐突にいった。

「え？」

小夜は意味がわからず、弾かれたように男を見た。

男は夜空を見上げたまま、

「夜空に張り付くようにしている星もきれいだが、仄《ほの》かな光を放ちながら音もなくすぅっと消えていく流れ星は、もっときれいだった」

といった。

「…………」

小夜がなんと答えていいのかわからずにいると、男は小夜に目を戻していった。

「お小夜さん、またあんたと酒を飲んだとしても、今夜みたいなおいしい酒にはもうなるまいよ」

小夜は胸に手を当てて、なにかを堪えているようで言葉を発せないでいるようだった。

「じゃ、わたしはこれで。お小夜さん、いつまでも達者で――」

男はそういうと背を向けたまま、小夜のもとからゆっくりと離れていき、やがて、すぅっと夜の闇の中へ吸い込まれるように見えなくなっていった。

（もしかして、あの男は、昔、吉原で花魁をしていた女将を身請けした相馬屋彦左衛門てぇ人じゃあ……）

重蔵が男の消えた宵闇に目を向けて思案していると、微かな嗚咽《おえつ》が耳に届いてきた。小夜だった。小夜は店の前でしゃがみ込んで両手で顔を覆い、すすり泣いている。

重蔵はなす術《すべ》もなく、しばしの間小夜を見つめていると、やがて小夜は泣き止み、すくっと立ち上がると袖で涙を拭いた。

すると、それまでの負の情まで拭い去ったかのように、小夜は凛《りん》とした顔つきになって店の戸を開けて中へ入っていったのだった。

十

〝豊風命〟——改めて、亡骸の男の心ノ臓のあたりに刻まれていた漢字三つの入れ墨を見た重蔵は、昨夜、小夜の店から出てきた男が彦左衛門だということを確信した。

そして同時に、彦左衛門が小夜にいった言葉が脳裏の中で木霊した。

『いやぁ、なんだねぇ。夜空に張り付くようにしている星もきれいだが、仄かな光を放ちながら音もなくすぅっと消えていく流れ星は、もっときれいだ——じゃ、わたしはこれで。お小夜さん、いつまでも達者で——』

彦左衛門の昨夜のあの言葉は、単に暇乞《いとまご》いでいったのではなく、今生《こんじょう》の別れを告げたものだったのだ。

だが、小夜は彦左衛門が二度と一緒に酒を酌み交わすことはないといわれたことが悲しくて嗚咽したものの、彦左衛門と再会したことを機に、これまでのことを良い思い出として胸に刻んで生きていこうと気持ちを吹っ切ったのではないか。

だが、よもや彦左衛門が、昨夜その足で大川に身投げするとは露ほども思っていなかったことだろう。

(彦左衛門さん、あんた、心底お小夜さんに惚れていたんだなぁ。だから、もう一度お小夜さんに会えて、お小夜さんが幸せに暮らしていることを確かめることができたら、もうなにも思い残すことはないと思って生きてきたんだろ？　そしてその夢が、思いがけず昨夜の川開きの日にかなった。だから、あんたはきれいな思い出を胸に刻んで、昨夜見た流れ星のように静かにこの世から消えようと決めた。違うかい？

……)

重蔵は、亡骸の彦左衛門に胸の内でそう問いかけ、

「この仏さんを自身番に運んで、身元と住まいがわかったら教えてくれ。それから、仏さんのことは、おれから八丁堀の若旦那に伝えておくから知らせなくていい」

と、番太郎にいった。

重蔵は、亡骸が彦左衛門という名で、日雇いの仕事をしている身寄りのない男だということはわかったが、どこに住んでいるかまではわからない。

もし、住まいが判明したのなら、重蔵は自分の手で葬式を出してやろうと思っているのだ。

そして十手を懐に入れた重蔵は、改めて彦左衛門の安らかに眠っているような、微笑んでいるような死に顔を見つめ、

（彦左衛門さん、心底惚れ込んだ女《ひと》を悲しませちゃいけねぇよ。だから、あんたが死んじまったことは、おれひとりの胸の内に仕舞い込んで、おまえさんは元気にどこかで生きている――そうお小夜さんに思わせておくことにするぜ。いいだろ？……）

と胸の内でつぶやきながら、広げた胸の袷を整えてやると目をつむって手を合わせ、彦左衛門の成仏《じょうぶつ》を願って祈り続けたのだった。

第三話　騙し合い

一

夏の夕暮れどき、黒江町《くろえちょう》の裏路地で男と女がもつれ合っている。

大名屋敷の高く長い黒塀に挟まれた幅が二間《けん》ほどのその路地は、金魚や風鈴などの振り売りの声が表通りから聞こえてくるが、暮れ方になれば人の姿はほとんど見なくなる。

男に無言で抵抗しているのは、三十前後の色白で目鼻立ちが整った美しい女だ。地味な柄の着物を身に着けているが、髪の結い方や立ち振る舞いから町人とは思えない。どこぞの貧乏御家人か浪人の御新造《ごしんぞう》だろう。

一方、男は三十半ば。月代《さかやき》は伸び放題で、目つきが鋭く、こけた頬のあたりにやさぐれ者の翳りが漂っている。

男が女の袖をつかみ、女はそれを振り払おうとし、その勢いで縫い目のほころびる音がした。

「伊助《いすけ》、よさねぇかっ」

物陰に身を隠し、歯嚙みしながら伊助と女を見つめていた重蔵が、しびれを切らして飛び出してきた。

「親分……」

伊助が驚いて女の袖から手を放すと、女は素早く男から離れて裾がはだけないように手で押さえながら、一目散に走り去っていった。

「伊助さん、いってぇなにをしているんですか」

重蔵と一緒に姿を見せた定吉が、鬢の横を指で掻いて女のうしろ姿と伊助を交互に見やりながら呆れた顔をしていった。

「なんにもしちゃいねぇよ……」

伊助は、ばつの悪い顔をして目を伏せている。

と、少し遅れて姿を見せた京之介が険《けわ》しい顔つきをして小走りでやってくると、

「親分、すまないが、あとは頼む」

といって、そのまま慌てて女のあとを走って追っていった。

「若旦那――」

どうしたのか訊こうとした定吉が声をかけたが、京之介は近くの角を曲がって姿が見えなくなった。

「おい、伊助、なんにもしちゃいないだと？　おれたちはすべて見ていたんだよ。おまえ、どういう了見《りようけん》で、『今半《いまはん》』から出てきた女をここまで連れてきて、あんなことしたんだ」

重蔵も京之介を目で追っていたが、それは一瞬のことで、すぐに伊助に視線を戻して問い詰めた。

「あんなことって、おれはただ……」

「ただ、なんだ？」

「なんでもありやせん。すんません……」

「あやまれっていってるんじゃない。わけを訊いてるんだよ」

伊助は、重蔵と目を合わせようとしない。

「さっきの女、『今半』にきたのははじめてだな」

「へい」

「おまえ、さっきの女をだれかと間違ったってことか？」

「知っている女によく似ていたもんで驚いて――すいやせん……」

「伊助さん、さっきの女は、お武家さんの御新造さんにちげぇねぇ。そんな人と似ている知り合いが伊助さんにいるのかい？」

「……………」

伊助は、ちらっと定吉に恨めしそうな目を向けたが、なにも答えなかった。

「もういい。富次郎《とみじろう》に怪しまれたらまずい。もういけ」

伊助が女を捕まえたわけをいいそうもないとあきらめた重蔵は、顎で行き先を指した。

「へい」

伊助は軽く頭を下げ、重蔵たちのもとから去っていった。

伊助は、重蔵の息がかかっている下っ引きのひとりである。

重蔵たちは、五日ほど前から京之介と黒江町の表通りに店を構える船宿『丸幸《まるこう》』とその隣の呉服商『今半』の張り込みを続けていたのだった。

黒江川に面した表通りにある『丸幸』は、船宿の看板を掲げているが、それは表向きの商いで、主の富次郎は子分を十人も抱えて賭場を開いているばかりでなく、呉服商『今半』の勘右衛門《かんえもん》とグルになって武家の御新造たちに体を売らせて大金を稼いでいる悪党なのだ。

そのやり方は実に巧妙だ。まず、富次郎が渡りをつけてある武家の御新造たちに内職として呉服商『今半』が仕立てを頼み、出来上がったものを『今半』に届けさせる。だが、その仕立て物を届けにきた御新造たちは短くて一刻、長いときは二刻も出てこないことがある。

『今半』にやってきた御新造たちをどこかにある隠し部屋に連れていって、そこで待たせている客に会わせているのだ。

体を売っている御新造のその数、十人は下らない。どの女も楚々《そそ》とした小股《こまた》の切れ上がった美人ばかりで、浪人者の妻や微禄《びろく》で小普請組の御家人の妻などが多いが、中には旗本の奥方らしいのもひとりかふたりいる。

武家の御新造を抱いてみたいという客はかなりいて、『今半』に客として出入りしている商家の旦那たちと『丸幸』が開く賭場の得意客だ。もちろん、体を売る御新造たちは納得ずくである。仕立て物の賃金の数倍になるからだ――そんな話を定吉が廻り髪結いをしながら得てきたのだ。

それもひとところではなく、深川のあちこちの湯屋の二階に集まっている男たちや遊郭の女郎たちの口からも聞いたのである。

「親分、とても許せる話じゃないぜ」

いつも涼しい顔をしている京之介だったが、同じ武家の、しかも御新造に金のために体を売らせているということによほど怒りを覚えたのだろう、はじめて見たといっていいほど頰を引きつらせて吐き捨てるようにいった。

そして、重蔵と京之介、定吉の三人は『丸幸』と『今半』の張り込みをはじめたのだが、噂どおり明らかに武家の御新造と思《おぼ》しき女たちが『今半』に出入りし、必要以上に長居をしていて怪しい気配はあるものの、どういう段取りで、どこで客と女が会うのか、そのあたりの詳しいことはわからないままだった。

そこで重蔵は二日前から、かつて壺振りで糊口を凌いでいた下っ引きの伊助に、御新造たちが客を取る隠し部屋の在り処を探らせるために『丸幸』に送り込んだのである。

うまいこと『丸幸』に三下奴《さんしたやっこ》で転がり込むことができた伊助だったが、主の富次郎から自分のところと『今半』の表と裏を子分たちと見張って、妙なやつがのぞいたりしていたら知らせろと命じられただけで、確かに『今半』に仕立て物をする武家の御新造と思われる女たちが出入りする姿は見るものの、客を取っているところや、その部屋がどこにあるのかも皆目《かいもく》わからないという。

（女が客を取る隠し部屋は、『丸幸』じゃなくて『今半』のどこかにあるのか？　いや、『今半』の勘右衛門は、商いもうまい頭の切れる男で、危ない橋を渡るやつじゃない。危ないことは、『丸幸』の富次郎にやらせるはずだが……）

重蔵は、伊助のうしろ姿を見ながら、胸の内でつぶやいていた。

二

とっぷり日が暮れると、伊助は『丸幸』と『今半』の表裏の見張り役から、『丸幸』の二階の奥の一番広い部屋で開かれる賭場にいき、客たちの世話をするよう富次郎に命じられている。

賭場の部屋では、二十人近くの男たちが盆の周りを囲み、中央で諸肌脱《もろはだ》ぎになっている壺振りと中盆《なかぼん》の動きを固唾を呑んで見つめている。

「入ります――」

熱気でむんむんしている室内に、三十過ぎの痩せぎすの兵吉《へいきち》という名の壺振りの声が響いた。

「さぁ、張った、張った――」

続いて、兵吉より三つ四つ年上の中盆の目つきの鋭い男が、歯切れのいい口調で賭け金を催促しはじめた。

(兵吉の野郎、やりやがったな……)

客たちの灰がいっぱいになった煙草盆の灰吹《はい》きを取り替えながら、壺振りの様子を盗み見ていた伊助は、兵吉の一瞬の怪しい動きを見逃さなかった。

今行われたいかさまを見抜いたのは、おそらく伊助だけだろう。

兵吉は、なかなかの腕前を持つ男だ。兵吉がやっているのは、『七分賽《しちぶさい》』と呼ばれる、どう転がしても丁目か半目しか出ない細工がしてある賽子《さいころ》を使用したいかさまである。

丁目を出す賽子は、半目の近くにごく小さな石が埋め込まれているのだ。

その細工してあるふたつの賽子を帯に隠し持っていて、さっきまで使っていた細工のしていない賽子と瞬時に持ち替えるのである。

こうした賽子を使ったいかさま博奕のことを、賭場用語で『手目《てめ》博奕』という。

壺振りの『手』で『目』を自在に出すところから、その名がついたとされている。

『手目博奕』は、大きく分けて賽子に細工したものと壺笊《ざる》に細工したものがあり、そのやり方は多岐にわたるが、もっともやられているのが『七分賽』を使ったものと『毛返し《けがえ》』と呼ばれるいかさまだ。

『毛返し』は、壺の中に髪の毛を三角形に張り渡して、ちょっとした引き具合で賽子を好きなように転がす技である。

この『七分賽』と『毛返し』を会得するには、生まれ持った指先の器用さと血の滲むような努力が必要で、なまじな腕前でやるとすぐにぼろを出してしまう。

兵吉の壺振りを、この二日、伊助はじっと観察したが、使った手目博奕は『七分賽』だけで、『毛返し』はやっていない。会得していないか、『七分賽』に絞っているのかもしれない。兵吉は利口ないかさま師といっていいだろう。

それというのも、『手目博奕』は伊助が知っているだけでも五種類あり、いかさまの魔力に取りつかれると、それらすべてを覚えたくなり、実際にやりたくなってしまうのだ。

様々な技を駆使して自由自在に賽子の目を出せるようになると、まるで自分が神になったかのような錯覚に陥るのである。そのときの高揚感たるや、たとえようもないほどだ。

だが、『手目博奕』をする者は、いつか必ずもっと腕のいいいかさま師が現れて見破られ、その代償を支払うことになる。

伊助も見破られ、左手の小指を詰めさせられただけだから、まだましなほうだが、中には命を落とす者や肘から下の腕を切り落とされる者もざらにいる。

伊助は幼いころに両親を相次いで亡くし、その後、親戚じゅうをたらい回しにされた。当然、どこの家でも邪魔者扱いされたから、十代半ばになると、川の流れのように自然に悪い仲間とつるむようになり、ありとあらゆる悪事を働くようなった。

そして、たどり着いたのが賭場だった。いかさまをする民治《たみじ》という壺振りに出会ったのは、浅草の賭場で、伊助がちょうど二十になったときだ。

手先が器用な伊助を民治は、弟のように可愛がり、『手目博奕』の数々を仕込んでくれるようになった。

その民治は肺を病んで、四十手前で呆気なく死んでしまったが、伊助は悲しいとも思わなかったし、涙も出なかった。孤独に慣れ過ぎていたのかもしれない。

そして伊助は、民治の代わりに賭場で壺を振るようになり、浅草のあちこちの賭場でいい顔になっていった。

だが、壺振りになって五年を過ぎたころ、義助《ぎすけ》という四十半ばの壺振りにいかさまを見破られたのだった。

伊助が失ったのは、左手の小指だけではなかった。女房の峰《みね》をも失ってしまったのである。

小指を失い、壺を振ることができなくなった伊助だったが、賭場から抜け出すことはできなかった。伊助は他人が壺を振る賽の目勝負に嵌《はま》っていったのである。

借りられるだけ借り集めた金をつぎ込み、もう後がないところまで追い込まれて最後の賭けに出るときの、絶望と希望の狭間で生じるあのひりひりとした緊迫感は、博奕に嵌った者にしか味わえない、たとえようもない快楽で、伊助はそれに芯から魅了されてしまったのだ。

その挙句、莫大な借金を作ってしまい、金貸しに借金の肩代わりに女房を差し出せと責め立てられたのだった。

借金の形《かた》に取られた女房は、女郎屋行きと相場は決まっている。

しかし、伊助の女房の峰は、借金取りが引き取りにくる直前に逃げて、大川に身投げしたのだった。

それが一年前のことである。女房の峰は金貸しに殺されたようなものだと思い詰めた伊助は、したたか酒に酔うと、たったひとりで金貸しの下《もと》に匕首を持って殴り込みをかけた。

が、多勢に無勢で、伊助は金貸しの子分たちに返り討ちに遭い、挙句は自分の持っていた匕首を取られて半死半生の傷を負わされて、大川端の河岸にぼろ雑巾のように捨てられたのだった。

そこへ偶然通りかかり、血まみれになって息も絶え絶えになっていた伊助を背負って医者の家に運んでくれたのが、重蔵だった。

『おまえさんが、なにをしでかして、こんな目に遭うことになったのか、訊こうと思わねぇから安心しな。だがな、これだけはいっとくが、死んじまっちゃあ、なんにもならねえぜ。生きてさえいりゃあ、そのうちいいこともあるもんさ』

重蔵はそういって伊助を慰め、治療代はもちろんのこと住む家の面倒まで見てやったのである。

伊助にとって重蔵は、まさに命の恩人なのだが、重蔵は自分が何者なのかも明かすことはなかった。

『あんた、どうして、こんなに面倒見がいいんだい？』

伊助が訊くと、

『困ってる人がいたら助ける。それが人の道ってもんだろ。それじゃな』

とだけいって、重蔵は立ち去ったのだった。

伊助は、ぐさりとやられた気がした。伊助は、なんの期待も見返りも求めない無償の情というものに、はじめて触れたのである。

伊助は重蔵を探した。なんとしても見つけ出して、重蔵の子分にしてもらおうと心に決めて——。

そして、ひと月ほど江戸じゅうを探し回り、ようやく深川で重蔵を見つけたときには、不思議なことに、もう博奕をやりたいとは思わなくなっていた。

(死に損なって、やっと俺の中に棲みついていた魔物が消えたってことなのか……)

そう思うと同時に、大川に身投げして死んでしまった女房の峰に、心からすまないことをしたと悔いる気持ちが生まれたのだった。

そして今回、『丸幸』にもぐり込んだわけだが、大川に身投げした女房の峰と、さっき『今半』に仕立ての仕事を受けにきた女が年恰好といい顔といい瓜二つだったのである。

それで伊助は、我を忘れて女を裏路地につれていき、体を売るのをやめさせようとしたのだった。

(あの女、もうこなきゃいいんだが……)

伊助が、ぼんやり盆を見るともなしに見ていると、

「おい、旦那が呼んでる。ついてきな」

富次郎の子分のひとり、政七《まさしち》が近づいてきていった。

「何用で？」

政七は、伊助より二つ三つ年下だと思われるが、富次郎の古参の子分のひとりだから、言葉遣いに気をつけなければならない。

「黙ってついてくりゃいいんだよ」

政七の目配りは尋常ではない。おそらくひとりふたり、人を殺《あや》めているだろう。

（まさか、重蔵親分のイヌだってことがバレちまったのか……）

嫌な予感がした伊助は緊張した面持ちで、政七のあとについていった。

三

二階の賭場の部屋を出た政七は階段を下りていき、裏口のある勝手口のほうに伊助を連れていった。

そして、置いてある草履を履くようにいうと、勝手口からすっかり夜のとばりが下りている外に出て、物置小屋に伊助を押し込むように入れた。

この物置小屋はかなりの広さで、薪や炭俵などが部屋の隅に積んである。子分たちがしくじりや掟破《おきてやぶ》りなどをしでかしたときに、ここで仕置が行われるのだ。

物置小屋に入ったとたん、伊助は暗闇の中で待っていた富次郎の子分ふたりに体を押さえつけられ、あっという間に荒縄でうしろ手に括られて、背中を割れ竹で打たれた。

「お、おれが、いってぇなにをしたってぇんですっ……」

うめき声をあげて、床に膝をついた伊助が痛みに顔を歪めていった。

「おめぇ、なんだって『今半』にきた女を帰しやがったんだ？！」

蠟燭《ろうそく》の灯りとともに小柄だが、でっぷりと太った富次郎の姿が闇の中に浮かび上がって見えた。富次郎のすぐそばで政七が、火のついた蠟燭を立てている燭台を手にしている。

(見られていたのか……)

伊助が返答に窮していると、

「あの女を世話した者《もん》が、おめぇに言い寄られて帰ってきたと『今半』に訴えてきたんだよっ」

富次郎がいうと、やれ——と、子分たちに目顔でいい、伊助は子分ふたりが手にしている割れ竹で所構わず滅多打ちにされ、血とあぶら汗が噴き出、体をひくつかせながらうめき声をあげ続けた。

「す、すいやせん……あんまり、いい女だったもんで……つい……」

子分たちの息が切れ、手を休めたときに、伊助が掠れた声で途切れ途切れにいった。

「ふざけた野郎だぁ。旦那、こんな野郎、雇っておいてもろくなことになりませんぜ」

政七が不気味な笑みを浮かべながらいった。

「殺せってのかい？」

富次郎もにやけている。

「死人は出したくないねぇ」

物置小屋の戸が開き、男が入ってきていった。『今半』の勘右衛門だった。呉服商の主だけあって、値の張りそうな着物に身を包んでいる。年のころは、四十半ばの富次郎とおっつかっつといったところだが、すらりとした長身で男っぷりもいい。

「どうも寝覚めがよくないからね。それに殺したあとの始末が面倒だろ？」

富次郎の隣にやってきた勘右衛門が、おっとりした口調でいった。

「そりゃそうだが」

「それに、このところ、岡っ引きがうろうろしているんだ。さっき、この男がうちにきた女に言い寄ってたところを、岡っ引きに見られて止めに入られていたのを見かけたよ。そんなときにわざわざ厄介なことをして、嗅ぎ回られたら大変だ」

「岡っ引きがうろうろしている⁈　てめぇら、気付かなかったのかいっ！」

富次郎が目を吊り上げて、子分たちを怒鳴りつけた。

子分たちは、ばつの悪い顔をして俯いたまま無言でいる。

「この野郎、まさか、その岡っ引きのイヌなんじゃあ？……」

富次郎は転がっている伊助をぎょっとした顔になって見つめた。

「岡っ引きのイヌが、体を売りにきた女に言い寄ったりするもんか」

勘右衛門は鼻で笑うようにいった。

「それもそうか」

富次郎も安堵した顔になっている。

「あの岡っ引き、おそらく、どこからかわたしらがしていることの噂を耳にしたんだろうねぇ」

「どこから漏れたのかな……」

富次郎は首を傾げている。

「この手の商売は、いくら気をつけてもどういうわけか噂になるものさ」

「ほっとけってぇのかい？　あの重蔵って岡っ引きは凄腕なんだぜ。大丈夫かな……」

「ふん。どんな凄腕だろうが、どんな段取りで、どこで客と女が会うのかは、わたしとあんたしか知らないんだ。そう心配しなさんな」

「しかし、万が一ってこともあるぜ」

富次郎は眉をひそめている。

が、勘右衛門は、「くっくっくっ……」と奇妙な笑い声を立てると、

「その凄腕の岡っ引きを、この男を使って笑い者にしてやるってぇのはどうだい？」

といった。

「そいつは、いってぇ、どうやって？」

富次郎は興味津々という顔つきになっている。

「重蔵親分さんを騙すのさ。この男を差し向けて嘘をいわす。いつの何刻、女が客を取りますとね。親分さんは勇んで踏み込んでくるだろうよ。だが、女はいても客をとっちゃいない」

「女になにをさせておくつもりかね」

「そうだなぁ。わたしが仕立て物について、女にもっともらしい注文をつけている。客が着てみたけれども寸法が合わないとかなんとか。ま、そこのところは、おいおい考えるとして、そこへ重蔵親分さんが勇んでやってきたものの、口をあんぐり開けて、吠え面をかく。そこで、わたしが妙な疑いをかけられちゃ、とんだ迷惑だと怒ってみせれば、名うての岡っ引きだという重蔵親分さんは二の句が継げないどころか、大恥をかいて二度とうろつかなくなるだろうよ」

「ふっふっふ。なるほど、さすが勘右衛門さんは知恵者だぁ。そんなろくでもない噂をどこのだれから聞いたんですかい？　真に受けた親分も親分だと、笑ってやりゃあ、さぞかしいい気持ちになりますぜ。あの重蔵のことは、前々から苦々しく思ってたんだ。そんなざまぁねぇ姿を町のみんなに見せてやりてぇぜ」

富次郎と勘右衛門は声を合わせて笑った。

「おい、伊助、ちっとはこたえたか？　このへんで勘弁してやる代わりに、今聞いたことをやってもらうぜ。いいな？」

富次郎は、転がっている伊助のそばにやってきて、伊助の顎を指で上げながらいった。

「おい、縄をほどいてやれ」

続けて富次郎が近くにいる子分のひとりにいうと、

「じゃ、富次郎さん、わたしはこれで――」

と、勘右衛門はいい、戸を開けて物置小屋から出ていった。

四

「そりゃあ、ひどい目に遭ったな……」

次の日の昼四つ、重蔵は居酒屋『小夜』の二階の部屋で伊助と会い、昨日のことを聞いていた。京之介と定吉もいる。

重蔵は『丸幸』に潜り込ませている伊助から密かに話を聞くには、どこがいいかいろいろ考えた挙句、この場所がもっとも安全だと思い至ったのである。

「しかし、すぐにあの女《ひと》が『今半』の勘右衛門に告げ口するとはねぇ。伊助さん、よく親分のもとで働いていることを白状しませんでしたね」

定吉は感心しきりという顔をしている。

「あの女《ひと》？」

伊助が怪訝な顔をして定吉を見ていった。

定吉が親し気に呼んだのが気に障ったのだ。

「あぁ、あの女《ひと》、実は若旦那の知り合いだったんですよ」

「どういう？……」

伊助が京之介のご機嫌を伺うような素振りで訊いた。

「昔、同じ剣術道場に通っていた人の奥方だ」

京之介は顔を曇らせていった。

「じゃあ、やはりお武家さんの……」

「うむ」

「若旦那、そのお知り合いだというお侍さんは、御新造さんが、その、つまり……」

伊助が言い淀むと、

「そんなことをしているかどうかまでは、おれにもわからない。会って確かめたわけじゃないし、確かめるわけにもいかないしな」

京之介は、不機嫌な顔でいった。

あの女は佳乃《よしの》という名だという。昨日、記憶にある顔のあの女のあとを追っていった京之介は、女の住まいが松村町《まつむらちょう》の裏店であることを突き止めた。

その裏店の木戸には「佐伯一之進《さえきいちのしん》・佳乃」と書かれた札があり、京之介は愕然としたのだった。

佐伯一之進は仙台藩《せんだい》の小十人組の番士で、江戸詰めだった七、八年前は小石川《こいしかわ》竜慶橋《りゆうけいばし》で一刀流《いっとうりゆう》の「徳田道場《とくだ》」を開いていた徳田良斉《りようさい》の下、京之介と腕を競い合い、同じ時期に免許皆伝を受けた剣術の達人だった。

そのころ、佐伯一之進は仙台藩の上屋敷がある芝口《しばぐち》近くの組屋敷に同郷の佳乃を娶って、生まれたばかりのひとり息子と住んでいたが、やがて国許に帰ることになり、京之介はじめ徳田良斉の弟子たちが別れの宴を開いたのだ。

小十人組は百俵十人扶持である。決して高禄とはいえないにしても、どうしてこのような裏店に佐伯一之進が住んでいるというのか。

想像に過ぎないが、おそらく国許でなにか悪いことが起き、詰め腹を切らされて江戸に流れてきたとしか思えない。

(佐伯さん、会いたいのは山々だが、どんな顔をしてあなたに会えばいいのかわからない。だが、それにしてもどうしてなのだ？　どうして、あなたの奥方があのようなことを……いや、まだ奥方がそんな不埒《ふらち》なことをしていると決まったわけではない……)

京之介は胸の内でそういいながら、佐伯一之進の家族が住んでいる裏店をあとにしたのだった。

「おまえが、佐伯様の奥方に言い寄るという無礼を働いたことが幸いするとはな」

伊助を見ながら、重蔵は苦笑している。

「それで、富次郎と勘右衛門は、いつ女が体を売りにくると伝えろといったんだ？」

京之介が忌々《いまいま》しそうな顔をして訊いた。

「へい。明日の九つ半から八つに女がくると伝えろ。おれともうひとりが見張り役で、女が帰るのは一刻か一刻半後になると——」

「ふむ。騙されてやろうじゃないか」

重蔵は不敵な笑みを浮かべている。

「で、女はどこで客を取ることになっているのか、わかったんですかい？」

定吉が身を乗り出して訊いた。

「いや、それはわからねぇ。船宿の『丸幸』の中は、あちこち見て回っているんだが、客が女を取ったあとがある部屋は見たことがねぇ。『今半』は店の表と裏は見張れるが、家の中がどうなっているのか、入ったことがねぇからまるでわからねぇんだ……」

伊助は難しい顔つきになっている。

「もし、おれの指示で動いていると知られたら、富次郎のことだ。今度こそ、伊助を殺しかねない。さて、どうしたもんか……」

　重蔵が腕組みして思案していると、

「親分、まさか呉服屋で女に客を取らせますかねぇ？　やっぱり、客が泊まりに使う部屋がある船宿の『丸幸』じゃねぇですかい？　裏口から裏口へ通じる道があって、女が『今半』から『丸幸』にいく。その途中、人目についちゃいけねぇから、伊助さんや子分たちに見張りをさせている。そう考えりゃ筋が通りますぜ。現に『丸幸』の敷地にある物置小屋に、『今半』の勘右衛門がきたじゃねぇですか。伊助さん、さっきそういいましたよね？」

　定吉が興奮気味にまくし立てた。

「ああ、『丸幸』の裏口と『今半』の裏口は確かに細い路地で繋がっていますぜ。路地の植え込みで外からは見えねぇんです。定吉のいうように、表向きは仕立ての仕事で『今半』に出入りしている女は『今半』の裏口から出てきて、『丸幸』の裏口から中へ入るのかもしれませんねぇ」

　伊助が考え考えしていった。

「だが、『今半』の勘右衛門は、明日、女がくるといえとおまえにいったんだろ？

しかも、勘右衛門が女に仕立て物について、もっともらしい注文をつけているところに親分を踏み込ませて恥をかかせるつもりだと――」

京之介が疑わしいといわんばかりに、眉をひそめて伊助の顔を見ていった。

「あ、へい。そうでした」

「ふむ。『今半』と『丸幸』の両方に隠し部屋があるとも考えられるな」

「あ〜、なるほど」

定吉が感心した声を出していうと、

「親分、この際騙されついでに、思い切り恥をかいてみせるってのはどうだい？」

と、京之介がわけありな笑みを見せていった。

「というと？」

定吉が怪訝な顔をして訊くと、

「おれと親分とで捕り方を十人ほど連れていって、『今半』と『丸幸』の両方に踏み込んで、大捕物をやってみせるのさ」

「ふふ。なるほど。若旦那、ここは一丁派手にやりますかい」

「ああ」

重蔵と京之介は笑顔だが、定吉と伊助は意味がわからず、ぽかんとした顔をしている。

五

翌日の九つ半、二十四、五の女が、仕立物らしい包みを抱えて、『今半』の中へ入っていくのを物陰に体を隠しながら、定吉は見届け、見張り役の伊助と目顔で確認してからその場を離れた。

伊助がいったことに違いはなかった。女はこのあと、一刻か一刻半は『今半』から出てこないはずである。

女は佐伯一之進の御新造の佳乃ではなかったが、遠目にも佳乃と負けず劣らずの目鼻立ちの整った美人だった。髪の結い方や身のつくろい様が、町人ではないことは明らかだ。

久中橋《ひさなかばし》の袂に水茶屋がある。定吉はそこに入った。重蔵以下、十人の捕り方が京之介が命令を下すのを待ち構えている。

定吉は、重蔵と京之介に女が『今半』に入っていったことを伝えた。

「親分、いくかい？」

京之介が冷えた麦茶が入っている湯飲みを手にしていうと、

「慌てて恥をかきにいくことないでしょう」

重蔵はそういうと、赤い前垂れと同じ色をした襷《たすき》がけの茶屋女に、麦茶のお代わりと干菓子《ひがし》を頼んだ。

「若旦那、そろそろ笑われ者になりにいきますか」

といって重蔵が立ち上がったのは、定吉から報告を受けてから半刻ほどしたころである。

「うむ」

京之介も立ち上がり、その場で二組に分かれた。

『今半』に踏み込んだのは、重蔵と二人の捕り方で正面から上がり込み、あとの三人の捕り方は裏の出入り口に回って入った。

重蔵は、目を見開いて驚いた様子で帳場にいた『今半』の五十男の番頭に、十手を見せただけで、無言で奥へずかずかと入っていった。

客間の次の部屋から琴の音がしていたが、重蔵と捕り方たちの物々しい足音がしたからだろう、琴の音がぴたりと止んだ。

重蔵が勇んで襖を開けると、武家の御新造らしき女が弾いていたのだろう、膝の前に琴が置いてあった。

その女と向き合って座っていたのは、十三、四の娘で、やはり琴を前にしていた。勘右衛門の娘だろう。

二人の女は呆然とした顔で、十手を手にしている重蔵と捕り方たちを見上げている。

「何事でございますか？」

女が怒りを滲ませた顔で、声を上《うわ》ずらせていった。

「いったい、何用でございますかな」

『今半』の主、勘右衛門が奥のほうからゆっくり部屋に入ってきていった。

「手前どもは御覧のとおり、呉服屋で、信用第一の商いをしております。岡っ引きの親分さんが捕り方をお連れして、問答無用とばかりにずかずかと入ってこられるようなうしろ暗いことなど一切しておりません。ここにいるのは、わたしの娘です。そして、こちらは御直参の多田野《ただの》様と申されるお方の奥方さまでしてね。ご内証が少々お苦しいとのことで、仕立て物のお手伝いをしていただいて、工賃をお支払いしております。いくぶんかは、ご内証の足しになるそうでございましてね。本日は、お頼みしていた仕立てが出来上がって届けていただいたのでございますが、娘が琴を習っているという話になりましたところ、奥方さまも琴がご堪能《たんのう》ということで、おさらいをしてもらっていたのでございますよ」

勘右衛門が薄い笑みを湛えて、立て板に水のごとく、とうとうと弁舌をふるってひと息ついた。

と、そこへ、裏口から家の中に踏み込んだ三人の捕り方もやってきて重蔵を見ると、なにもなかったとばかりに頭を横に振った。

「親分さん、このような大捕物をなさるとはどういうことでございましょう？　お聞かせくだされば、申し開きができると存じますが、訴人《そにん》でもございましたのですか？」

勘右衛門は得意満面の笑みを浮かべながら、苦虫を嚙み潰したような顔になって俯き加減の重蔵を下から覗き込むように見ていった。

「いや、そうじゃない。実は女が……」

重蔵は忌々しいという顔を拵えてそこまでいうと、口をつぐんだ。琴を前にしている女が、険しい顔で重蔵を睨みつけていたのである。

「どうも近ごろは、商いがうまくいっているお店を見ると、なにか嫌がらせに根も葉もない噂を言い触らす輩《やから》がおりまして、手を焼くことが多くて困っております」

勘右衛門は笑い出したいのを懸命に堪えているように見える。

「騒がせてすまなかった。おまえさんのいうとおり、噂は根も葉もないことだったようだ。だが、これも役目柄しょうがないことなんだ。このとおりだ。勘弁してくれないか」

重蔵は顔を歪めて頭を下げた。

「わかっていただければ、よろしゅうございますよ。ま、こういってはなんでございますが、こちらの奥方さまと同じように、なにか内職をして内証を助けたいというお武家のお方が何人もいらっしゃいましてね。有難いことに、『今半』はご贔屓《ひいき》様がたいへん多うございまして、仕立ても頼みたいといわれて、猫の手も借りたいほどでしてねえ」

勘右衛門の自慢は延々続きそうである。

「わかった。本当にすまなかった。おい、引き上げるぞ」

重蔵は勘右衛門の言葉を遮るようにいって、『今半』をあとにした。

『今半』を出ると、隣の『丸幸』からも項垂れた様子の京之介と定吉、それに五人の捕り方たちが引き上げてきたところだった。

「まったく、根も葉もねぇ噂に泳がされちまったもんだぜ、ちくしょう！」

京之介が、地面を蹴り上げながら声高に叫ぶようにいった。

そして、重蔵と目顔で合図すると、定吉以下十人の捕り方たちとともに『今半』と『丸幸』の前から去っていった。

六

（隠し部屋は、ここだったのか……）

翌日の八つ、伊助は『丸幸』の裏にある物置小屋の二階の部屋にいた。

一見しただけでは入口がわからないようになっている。天井に蓋がしてあり、薪が積まれてある横に立ててある梯子《はしご》を使って天井のその蓋を押し上げると、茶棚に茶道具、鏡台、絹の布団がそろって、枕屏風《まくらびょうぶ》まであるなかなかの部屋が隠されていたのだ。

女は『今半』から、男が『丸幸』から植え込みのせいで外からは見えない、ふたつの家の裏口に繋がっている路地を通って、この物置小屋にやってくるというわけである。

ここは物置小屋だから、普段は人が入ってくることはめったにないし、ここが使われるのは『丸幸』の富次郎の子分がしくじりや掟破りなどをしたときに仕置をするときだけだから、余計に人は寄りつかない。まったくうまいことを考えたものである。

物置小屋の戸が開く音がした。女がやってくるのだ。

窓がない部屋の中は、行燈の光が広がっている。

伊助は、二階の入り口に目を凝《こ》らした。

伊助が重蔵と京之介に女がくると嘘をついたことで、昨日大捕物をさせてまんまと大恥をかかせたことに、勘右衛門と富次郎はたいそう喜び、伊助にその褒美だといって女を抱かせてやるといい、この隠し部屋の在り処を教えたのだ。

少しして、梯子を使って上がってきた女の顔を見た伊助は、ぎょっとした。大川に身投げして死んだ女房の峰に瓜二つだと思い、『今半』に体を売りにやってきたのを止めて帰した佐伯一之進の奥方だという佳乃だったのである。

「あんた、なんだって、またこんなところにきたんだ……」

伊助は喉の奥から掠れた声を出していった。

「あっ……」

佳乃もまた伊助の顔を見て、目を見開いて驚いている。

「なにもしねぇから、心配はいらねぇ。こっちにきな」

伊助の言葉に佳乃は、怪訝な顔をしている。

「いいから、こい」

伊助は苛立《いらだ》っていた。

佳乃は観念したかのように部屋に上がってくると、伊助の前に座り、俯いたまま無言でいる。

行燈の光が佳乃の整った美しい顔を照らしている。

柳眉《りゅうび》の下にある切れ長で、細いが黒眸《くろめ》がちの眼。キッと引き結んだような小さな唇。

頬から顎にかけてすっきりと痩せている顔立ち。そしてなにより、佳乃も体全体から
峰と同じにじみ出るような暗さが漂っている。

(まったくなにからなにまで、お峰にそっくりだ……)

伊助は胸苦しさを覚えて、佳乃から視線を外した。

不意に佳乃の体が匂ってきた。目を向けると、佳乃は布団の脇にいて、伊助に背中
を見せてうずくまり帯を解いていた。

「なにをしてやがるっ」

伊助が小さく、鋭い声を発すると、佳乃はびくっと体を震わせて帯にやっていた手
を止めた。

「おれは、あんたを抱く気なんてねぇ……」

「そ、それは困ります……」

　佳乃は消え入りそうな声でいった。

「ここに一刻ほどいて、抱かれたことにして『今半』の勘右衛門から金をもらって帰りゃいい。おれも口裏を合わせておくから心配はいらねぇよ」

「どうしてそのような……」

「昔、知ってた女に、あんたがよく似ているもんでね。おれは、その女を幸せにしてやれなかったことを悔やんでいるんだ。だから、その女にそっくりなあんたを抱くなんてこたぁ、おれにはできねぇ」

　沈黙が流れた。

「あの、その女の人は、今はどうなさっているのですか?」

　佳乃は帯を締め直して、伊助の近くに座って訊いた。

「――死んじまったよ……おれが殺したようなもんだ」

　伊助は、今更ではあるが、峰のことを思うと、胸が締め付けられる。

(お峰のやつ、おれなんかと出会わなければ、だれかのおかみさんになって、まっとうに暮らしていただろうに……)

　伊助が四つ下の峰と出会ったのは、伊助がよくいく上野の下谷広小路《したやひろこうじ》にある茶屋で、峰はそこで働いていた。

その茶屋には他に四人の女が働いていたが、群を抜いて美しい顔立ちをした峰に言い寄る男はたくさんいた。

だが、伊助は峰に言い寄ったことはない。女より壺振りに夢中だったのである。幼いころから孤独に慣れっこになっている伊助は、女なんてうっとうしいだけの生き物だと思っていたし、女を抱きたくなれば、女郎屋にいけばいいだけのことだと考えていたのだ。

性欲を満たすためだけに女郎屋にいく伊助は、決して同じ女を抱かなかった。女郎でも馴染になれば、後腐《あとくさ》れができるかもしれないからだ。

そんなある日のことだ。峰は伊助のあとを尾《つ》けてきたらしく、池之端仲町《いけのはたなかちょう》の伊助の薄汚い裏店にやってきて、「抱いて」といったのだった。そして、そのまま居ついてしまったのである。

峰は無口な女だった。そのうえ、伊助が家に帰ってこなくても文句をいうわけでもなく、飯の仕度や洗濯など身の回りの世話をしてくれた。

茶屋にも伊助の家から通って働き、金やなにか物を欲しがることもなかった。伊助にとって、峰はなんとも都合のいい女だった。

峰とは三年ほど暮らしたが、どんな話をしたのか、伊助はまるで覚えていない。伊助は家にいるときでも壺と賽子を手放したことはなく、峰は繕い物をしながら伊助の壺振りの様子を見るともなしに見ているだけで、話しかけてくることはなかった。

だが、今も伊助の耳にこびりついている峰の発した言葉が、ひとつだけある。

それは、金貸しに雇われたやくざ者たちが家にやってきて、借金の肩代わりに峰を差し出せといってきたときのことだ。

伊助が「好きにしろ」というと、峰はひと言だけ、「ひどい男《ひと》」と小さな声でつぶやき、やくざ者たちの隙を見て家から飛び出し、大川に身投げしたのだった。

七

（ひどい男《ひと》――まったく、ひどいなんてもんじゃねぇぜ、おれって男は……）

伊助が悲しい笑みを浮かべていると、

「死んだその女《ひと》、あなたさまの奥さま？……」

佳乃が喉を鳴らして訊いた。

伊助は力なく頷き、

「あんた、もうこんなところにきちゃいけねぇよ」

と、佳乃をじっと見つめてやさしくいった。

「わたくしだって、こんなことをしたいわけじゃありません」

佳乃の声に、ほんの少し怒気が含まれていた。

「わかってるよ。息子が喘息《ぜんそく》なんだろ？」

「どうしてそれを……」

佳乃は、どこかを針で刺されたかのようにぴくっと身体を弾かせた。

「悪いと思ったが、ちょいと調べさせてもらったんだ」

京之介から、佳乃が松村町の裏店に住んでいる浪人の佐伯一之進の奥方だと聞いた伊助は、こっそりその裏店に足を運んで、同じ長屋に住む五十過ぎの女をつかまえて、佐伯夫婦のことをあれこれ訊いてみたのだった。

はまという名のその女の話によると、佐伯夫妻には五つになる息子がいるのだが、喘息の発作が起きると夜も昼も苦しみ悶えるという。

『それで少し前にね、御新造さんがさ、その息子さんを、あたしのところに担ぎ込んでみえたんだよ。なんたって難病だからねぇ、医者にかかろうにも、そりゃ金がかかるんだよ。ご夫婦で傘張りやら団扇作りやらやってるんだけれども、追っつくもんかね。薬代にもならない。まして、医者にも診てもらえないって、あんまり嘆くもんだから、あたしゃ、それで人助けのつもりでさ――』

はまは、そこまでいうと、はっとした顔になって口をつぐんだ。

その顔を見て、伊助はピンときた。

『〝丸幸〟の富次郎さんに、世話したってぇわけだね？』

伊助はあたりを見回してそういうと、小粒を素早くはまに握らせた。

『困るねぇ、こういうことされちゃ』

はまはそうはいったが、手にした小粒は握りしめたままだ。

『あんたが、佐伯ってぇお侍さんの御新造さんを富次郎に世話したんだね？』

伊助が確かめるようにいうと、

『そうだよぉ。だけど、これだからね』

はまは、小粒を握っていない右手の人差し指を立てて口に当てると、

『よそに漏れたら、手がうしろに回るんだから――』

と顔をしかめていった。

『わかるってるよ。〝丸幸〟に、お武家さんの御新造さんを世話してんのは、ほかに

だれがいるだね？』

『あたしゃ、知らないよ。たとえ知ってても、しゃべりゃしないよっ。これ以上余計なことをしゃべったことが富次郎に知られたら殺されちまうからね。もう帰っとくれ』

はまは怖い顔をして、ぴしゃりというと、伊助に向かって手で追い払う格好をしながら、目の前の自分の家の中へ入ってしまったのだった。

佳乃が男に言い寄られて帰ってきたと『今半』に訴えたのは、はまに違いない。

「おれにうっかり、あんたのことをしゃべっちまったもんだから、あのはまって婆さん、もうあんたを『丸幸』の富次郎につなぐとは思ってなかったんだがなぁ」

伊助は、参ったな、という顔で、佳乃を見ている。

「おはまさんに断るといわれたのを、わたくしが無理に頼み込んだのです」

佳乃は目を伏せていった。

「息子さん、また喘息の発作が起きたのかい？」

佳乃は青ざめた顔をして、こくんと頷いた。

「しかし、こんなことを続けていたら、いつか旦那にバレちまうぜ。そうなってもいいのかい？」

「覚悟しています」

佳乃は、きっぱりいった。

「覚悟してるって……」

伊助が目を凝らして見ると、佳乃の顔色は紙より白くなっている。

「母親のあんたが不貞を働いたからといって殺されちまったら、なんにもならねぇじゃねぇか……」

伊助は呆れ顔になっている。

「ではどうすればよいというのですかっ」

佳乃は、キッと伊助を睨みつけていった。

伊助は、大きくため息をついた。

いい考えなどあろうはずがないのだ。

重苦しい沈黙が部屋いっぱいに流れた。

どれくらい無言のままでいただろうか。

「あっ、そうかっ、うん、その手があったぜ」

伊助がぱっと顔を明るくさせいった。

佳乃は、そんな伊助を怪訝な顔で見つめている。

「あんたの旦那、剣術の達人なんだよな？」

「は？」

佳乃は、ぽかんとした顔をしている。

「若旦那に聞いたぜ。あんたの旦那、佐伯一之進さん、一刀流の免許皆伝を受けた剣術の達人だって」

「若旦那って、どなたですか？　あなたさまの知り合いに、わたくしの旦那さまを知っている人がいるんですか？」

佳乃は胸に手を当てて、動揺しながらいった。

「え？　あ、ああ……」

伊助は、しまった、という顔を拵えたが後の祭りである。

「どなたさまですか？　お名前をおっしゃってください。そのお方は、わたくしがこんなことをしていることを知っているのですか？」

佳乃は、必死の形相で問い詰めた。

「大丈夫だよぉ。若旦那は口の堅い人だし、あんたのことを旦那さんに告げ口するような人じゃねぇから、安心しな」

佳乃の顔が目の前まで迫っている。伊助は、どぎまぎしながらいった。

「そのお方のお名前を、おっしゃってください」

佳乃は覚悟を決めたとばかりに、両手を重ねて膝の上に置き、背筋をピンと伸ばしている。

「千坂京之介さま。北の定町廻り同心の――」

伊助がいうと、佳乃は目をくわっと開き、「あぁっ……」と声を漏らすと、がくっと項垂れて右手を畳について倒れそうになった。

「本当に大丈夫だって。若旦那は、絶対に告げ口なんかしねぇよ。それより、あんたの旦那さん、一刀流の免許皆伝を受けて剣術の達人なんだよな?」

「はい……」

佳乃はまだ怯えた顔をしている。

「いいことを思いついたんだよ。あんたの旦那さんに手伝ってもらえれば、あんたはもう体を売るなんてことはしなくてよくなるし、うんと金も手に入る。そしたら、その金で息子さんを医者に診てもらって、喘息を治せるぜ」

伊助は自信満々にまくし立てた。

八

佐伯一之進と家内の佳乃、ひとり息子の進之助《しんのすけ》が住んでいる松村町は、坂本町《さかもとちょう》の裏側にある。

北黒江川に架かる奥川橋《おくがわばし》から、坂本町と奥川町の軒並みがよく見える。奥川町のほうから二本差しの佐伯一之進がやってくる姿を見ると、伊助は橋の欄干から体を離した。

そして橋の袂にやってきて、一度すれ違ってから、「旦那」と声をかけた。

振り向いた佐伯一之進は、怪訝そうな目で伊助を見た。

年は伊助とおっつかっつだろう。男前で背が高く、引き締まった体をしているのが着物の上からでもわかる。

今しがた別れた佳乃と佐伯一之進は、釣り合いの取れた容貌の夫婦だ。

「町人、それがしを呼んだか？」

「へい。恐れ入りますが、ちょいとこちらへ」

伊助は橋の隅に誘った。

「旦那さんをお見かけして、ちょいと思いついたことがござんしてね」

「なにを思いついたというのだ」

「へい。ちょいとした金が入る口があるんでやんすが、どうでしょう？　手伝ってもらうわけにはいかないでしょうか」

佐伯一之進は、じっと伊助を見つめた。その瞳は澄んでいて、生真面目さがうかがえる。

「話だけでも聞いてもらえねぇですかい？　旦那さんのようなお方を、ずっと探してたんでやんすよ」

伊助は愛想笑いを振りまいていった。

「――なるほど」

佐伯一之進は、ふうっとひと息ついてから、苦笑を浮かべた。

「わかるか。懐が寂しいのが」

「とんでもござんせん」

伊助は慌てて手を振った。

「実は、先だって悪い野郎にひっかかって、大損してしまいましてね。へい。ざっくばらんにいきましょう。あっしは博奕打ちでござんすが、あるところでいかさまでやられたんでござんすよ。悔しいのなんのって、へい。ですが、あっしひとりじゃどう足掻《あが》いたところで、取り返すってぇわけにもいきませんもんで、それで、旦那さんに、お手伝い願えねぇもんかと思いやして。へい」

「強請《ゆす》りの片棒を担げということか」

「ま、そういうわけでやんすが、悪いのはあっちのほうでやんすよ」

「いかほどになる」

「へい。ざっと五十両は下らねぇと踏んでやんす。あっしは十両も頂戴すりゃ、結構でやんして。残りは旦那さんが。へい」

佐伯一之進の目つきが険しくなった。伊助も負けじと見返した。

少しして、

「町人、詳しい話を聞こう」

と、佐伯一之進はいった。

橋の近くの居酒屋に佐伯一之進を連れて入った伊助は、黒江町の船宿『丸幸』が夜になると開く賭場で、いかさまを見破り、それを咎める相談がまとまった。

「あっしは、伊助というもんで、失礼でやんすが、旦那さんのお名前は？」

「佐伯一之進と申す」

伊助は、生真面目に名前をいった佐伯一之進とその場で細かな段取りを決めた。

居酒屋を出た伊助は、奥川橋を渡りきったところで、

「それでは明日の暮れ六つ、黒江町の船宿『丸幸』の二階の賭場でお待ちしています。よござんすね」

と佐伯一之進に確かめた。

「心得た」

佐伯一之進は、あっさり答えた。

「しかし、旦那さん、怖かありませんかい？」

歩きながら伊助が訊いた。

夕暮れが近づいている中、佐伯一之進はちらっと伊助を見たが、なにも答えなかった。

「その、失礼でやんすが、怒んねぇでくださいましよ。やっとうの腕がどのくらいのものなのか見せていただくわけにはいかねぇもんでしょうかね」

伊助はなおも訊いた。

佐伯一之進と組んでやろうとしていることは、危険なことであることは間違いない。

賭場を開く富次郎の周りにいるのは、政七をはじめとした餓狼《がろう》に似た男なのだ。三

十両という大金を残らず吸い上げられた、商家の跡取りの若い男が頭に血が上って、「いかさま」と喚き立てたのを目にしたことがある。

その若い男はすぐさま例の物置小屋に連れられていき、餓狼たちに虫の息になるまで激しい暴行を加えられたのを伊助は一度目にしているのだ。

なにも答えてくれない佐伯一之進だったが、次第に足を速めだし、空が紅色に染まっていく中を、松村町へ続くほうへぐんぐん足を速めていく。

「旦那さん、気に障ったことをいったんなら勘弁してくだせぇ……」

伊助が、佐伯一之進のあとを追い、前方から杖をつきながら初老の痩せた按摩《あんま》がきたときだった。

佐伯一之進が不意に立ち止まった。

「旦那さん、さっきのいったことに怒っているんなら――」

と、伊助がいうと、目の前で背中を見せていた佐伯一之進の体が、鋭く激しい動作を見せ、一瞬鈍い刀の光が暮色の中に煌《きら》めいた。

伊助が、はっと思ったとき、佐伯一之進はもう刀を鞘に納めていた。

そのとき、ふたりの横を通り過ぎようとしていた初老の按摩が、どっと地面に前のめりで倒れた。

腰をしたたか道に打ち付けた初老の按摩は、悲鳴をあげてもがいている。

「旦那さん、なんてことをっ……」

伊助も悲鳴をあげた。佐伯一之進が初老の按摩を斬ったと思ったのである。

だが、佐伯一之進の顔を見た伊助は、思わず息を呑んだ。佐伯一之進は、震え上がるほど怖い表情をしていたのだ。

「すまなかった」

さっきまでの表情はどこかに消え去り、柔和な顔になっている佐伯一之進はそういって、按摩を助け起こしていた。

按摩の着ているものの埃をはたいてやりながら、

「どこかに杖の代わりになるものがないか探してみてくれ」

と、佐伯一之進はいった。

伊助は按摩のそばに落ちている杖を拾って見た。背筋を冷たいものが走り抜けた。よく磨かれて艶々《つやつや》している固そうな杖が、鮮やかな切り口を見せて真ん中で両断されていた。

杖を斬られたことに、按摩は気付かなかったかもしれない。按摩は佐伯一之進の体が動いたあと、何気なく通り過ぎようとして、そのまま転んだように伊助には見えたのである。

一刀流の免許皆伝の腕前というものが、どれほどのものか伊助には皆目わからない。だが、佐伯一之進の剣術の腕が並のものでないことだけは、これではっきりしたように伊助には思えた。

「凄《すげ》ぇ腕前じゃねぇですか……」

橋の下にいって拾ってきた竹の棒を持たせて、按摩と別れたあとで、伊助がいった。

佐伯一之進は微笑を浮かべただけで、なにもいわなかった。

（よっぽど、つれぇ思いに耐えていなさるんだなぁ……）

と、伊助は思った。

さきほど見せた震え上がるほどの怖い表情が、伊助の目に焼きついている。いきなり、按摩の杖を斬ったのも、これまでの穏やかな印象に似つかわしくなかった。自分の身にまとわりついている如何ともしがたいものに、突然、憤りをぶつけた感じがあった。

伊助はそんな佐伯一之進に、好意が芽生えているのを感じていた。佐伯一之進の家内の佳乃のためと思っていた気持ちが、佐伯一之進と出会った短い間に微妙に変わっていた。

「旦那さん、それでは明日の暮れ六つ――」

「うむ」

佐伯一之進は、坂本町を左に曲がって、松村町の裏店に向かっていった。

（これで、御新造さんも息子さんも助かる……）

伊助は、住まいの裏店に向かう佐伯一之進のうしろ姿を見送りながら、胸を撫でおろしていた。

佳乃の身の上を知った伊助は、胸が塞がれる思いがしたのだ。自分が死に追いやった峰にそっくりの佳乃が喘息で苦しんでいる息子を助けるために、これからたびたび好色な男たちに抱かれなくてはならないと思うと、耐え難い気がした。

凌辱《りょうじょく》されるのが佳乃ではなく、峰であるかのような感覚に襲われたのである。

一刀流の免許皆伝の腕前だという佐伯一之進ならば、富次郎の賭場で壺振りの兵吉がやる七分賽を使ったいかさまを見破っての咎めは、一発で決まるだろうと伊助は見込んでいる。

そして手打ち金、五十両をせしめることができれば、佐伯一之進は受け取り分の四十両で、息子をいい医者に治療させて養生させれば、きっと喘息も治るだろう。

そうすれば、佳乃はもう二度と『丸幸』にいかなくてもよくなり、すべてうまくいくと伊助は思った。

(旦那さん、もう少し、耐えてくだせぇ……)

角を曲がって見えなくなりそうな佐伯一之進のうしろ姿を見つめながら、伊助は心からそういっていた。

九

暑気が立ち込めている船宿『丸幸』の二階の賭場は、佐伯一之進がやってきたときは、すでに熱っぽい空気に包まれていた。

客は二十人を超えている。重蔵たちに一杯食わせたと思い込んでいる富次郎と『今半』の勘右衛門は、やりたい放題やっている。

重蔵たちが敢えて騙されてやったのは、そうすれば富次郎と勘右衛門たちは、大恥をかいた重蔵たちはもう自分たちのことを探らなくなるだろうと侮《あなど》り、大っぴらに裏稼業をやりだして尻尾を出すに違いない。

そのときに現場を押さえ、『丸幸』と『今半』の主ふたりと子分たちもろとも一網打尽にしてしまおうと考えたからである。

現に、伊助は物置小屋の二階に隠し部屋があることを重蔵たちに伝えている。あとは、その現場を押さえるだけでいい。だが、伊助は、踏み込むのは明日にしてくれと頼み込んだ。

詳しい事情はいわなかったが、重蔵は「わかった」とだけいい、それ以上詮索《せんさく》しなかった。伊助は、京之介にも佳乃のことや佐伯一之進のことも黙っていた。余計な心配をかけたくなかったのである。

盆に座った佐伯一之進は、伊助が教えたとおり、少しずつ金を賭けはじめた。最初はぎこちなかったが、すぐに要領を飲み込んで、手つきが堂に入ったものになった。段取りどおり、佐伯一之進は三下奴として賭場の雑用係をしている伊助の顔を見ることなく、落ち着いた素振りだ。

風体《ふうてい》はどこから見ても浪人者である。賭場にいる者で、佐伯一之進を妙な目で見る者はいないようだ。

伊助は、客たちの求めに応じて煙草盆の灰吹きを取り替えたり、酒や茶を運んだりしながら、慎重に室内の様子をうかがっていた。

徳三《とくぞう》といういつもの中盆と壺振りの兵吉のほかに、盆の四隅に若い男四人が片膝を折って、怪しい動きをする客がいないか目配りしている。

部屋の隅には富次郎がいて、そのまわりに政七をはじめとした古参の子分たちが、五、六人座っている。古参の子分たちは煙草を吸ったり、コマを数えたりしていた。

コマは、盆の勝負で持ち金を使い果たした客が、金の代わりに胴元である富次郎に借りる金札である。

このコマが頻繁に盆に持ち出されるようになると、賭場は鉄火場《てっかば》といわれる白熱した様相を呈してくるのだ。

「入ります――」

兵吉が右手の壺を振り上げ、ほんの一瞬遅れて、左手の賽子を腰のあたりから出したのを、伊助は見逃さなかった。

兵吉は澄ました顔で、細工のない賽子二つといかさまの七分賽二つを自在に操っていた。

「入りました――」

壺振りの兵吉が壺を伏せた。

兵吉の声が響くと、続いて中盆の徳三が、

「さぁ、張った、張った、丁半、どうだ。半方、半方、丁方ないか、丁方ないか――」

と、続けたが、その口調が微妙に変わった。

丁方、半方の賭け金を合わせる声が、ほんの少しだが低くなってダミ声のようになっている。


(間違いねぇ、いかさまをしかけやがったぜっ……)

と思った瞬間、伊助は突然全身の毛穴からじわっと汗が噴き出るのを感じた。

これからやろうとしていることが、とんでもなくたいそうなことをしている、という気がして、恐怖に囚われているのだった。

伊助は向こう側にいる佐伯一之進を見た。佐伯一之進は、熱心に盆の上の賭け金を眺めている。

伊助は、咳をふたつした。それが佐伯一之進への合図だった。

ちらっと佐伯一之進と伊助の目が合った。

徳三はまだ賭け金を催促している。

それが止まり、

「丁方、半方揃いました。よござんすね」

中盆の徳三が左右、向こう側の客たちに鋭い視線を配った。

「勝負！」

徳三の声が響くのと、

「待った！」

という佐伯一之進の声が、同時にかぶさった。

壺振りの兵吉は上げようとしていた壺を、慌てて上から押さえた。

盆を囲んでいる客たちが、ざわめきだした。

富次郎とその周囲にいる子分たちも、佐伯一之進に注目している。

「その壺、待った」

佐伯一之進は、一同の注目をもろともせず、悠然《ゆうぜん》とした態度で落ち着いた声を出した。

（こりゃ、驚いた。思った以上に度胸が据わっている……）

伊助は、ほっとしたものの、心ノ臓はさっき以上に早鐘《はやがね》を打っている。

これから、富次郎と子分たちがどう荒っぽく出てくるのか、恐ろしくしょうがないのだ。

「お客さん、なにかご不審な点でも？」

盆を差配している中盆の徳三は、笑みを浮かべようとしているが、顔が引きつっているのが遠目からでもわかる。

徳三は佐伯一之進を見やったあとで、部屋の隅にいる富次郎の周りにいる政七たちに向かって顎をしゃくった。

すると、政七が先頭に立って五、六人の一目でやくざ者とわかる風体の子分たちがそのあとに続いて、ゆっくりと盆を廻って佐伯一之進のほうに近づいていった。

「いかにも不審だ。この賭場は、平気でいかさまをやると見たが、それが売りか」

佐伯一之進はまるでひるむことなく、近づいてくる富次郎の子分たちに目を配りながら、屈託なくいった。

「なんだと！」

徳三はいきり立っていうと、「おう」と、政七たちと子分たちに顎をしゃくった。

政七たち子分が駆け寄ったとき、佐伯一之進は横に置いてあった大刀を素早く手に取ると、盆の上に上がって歩を進め、壺振りの兵吉の少し前で不意に体を沈めた。

蠟燭の光を受けた刀身が一瞬、煌めくと、兵吉が右手を添えて押さえていた壺が、真っ二つに割れている。

「ひっ！……」

兵吉が小さく悲鳴をあげた。顔は血の気を失い、額に大粒の汗がいくつも浮かんでいる。

隣の徳三は目を剝いて、呆然としている。盆の周りにいた客たちは立ち上がり、その場で固まったように棒立ちになっていた。政七と子分たちも同様に動けずにいる。

「どういうつもりだ、お侍さんよ……」

徳三が呻くようにいったが、顔はすっかり青ざめている。無理もない。佐伯一之進は刀身を徳三に向けているのだ。

「それは、こっちがいいたい台詞だな」

というと、佐伯一之進は刃先で素早く割った壺の中にある二つの賽子をピン、ピンと弾いて宙に浮かせたかと思うと、再び刀身を宙で一瞬煌めかせた。

盆の上にきれいに真っ二つに斬られて割れた賽子の欠片《かけら》が、四つ落ちた。

「お集まりになったみなさん、よく見てくれ。丁目だけが出るように細工が施された七分賽だ」

固まって立っていた客たちが、恐る恐る顔を近づけて賽子を見て、口々に「本当だ」とか「これが、いかさまの賽子か」「これが七分賽か」などと言い合っている。

「おまえたちふたりが仕組んで、いかさまをやったのかな。それとも、胴元の指図があってのことかな。であるならば、落とし前にそれぞれの腕を片方ずつ差し出してもらおうか」

佐伯一之進の口調は、さっきからまったく変わっておらず、まるで屈託がない。

「て、てめぇ、こんなことをしやがって、生きて帰れると思ってんのかい！」

中盆の徳三が吼《ほ》えるようにいった。

「徳三っ」

部屋の隅でじっと成り行きを見つめていた富次郎が立ち上がった。

徳三はすがりつくような目をして富次郎を見ると、「へい」といった。

「そこのお侍さんの言い分をわしがお聞きしよう。こちらの部屋にご案内しろ。粗相《そそう》のないようにな。今夜は盆をしまって、お客さんたちにお帰りいただきなさい」

富次郎は苦りきった顔でそういうと、賭場をあとにした。

十

賭場が閉じ、その後片付けを終えた伊助は、こっそり『丸幸』から逃げるようにして外に出て、佐伯一之進のあとを追った。分け前の十両を受け取るためである。

（それにしても、佐伯の旦那の腕と度胸は凄ぇもんだぜぇ）

出来過ぎだとも伊助は思った。

月の明るさが、町を取り巻いている川の水面を照らしている。

佐伯一之進は、黒江町と向き合っている坂本町と一色町《いっしきちょう》との間の道を通って裏店に向かったはずだが、角を曲がっても姿は見えなかった。

(おかしいなぁ、どこへいったんだ……)

月の光を受けて白く延びている夜道が、ひっそりしているのを見ているうちに、伊助は微かな不安に駆られてきたのだった。

「遅かったな」

天水桶《てんすいおけ》の横に身を潜めるようにしていた人影が、すっと白い夜道に出てきた。

佐伯一之進だった。

「旦那」

伊助は、ほっと胸を撫でおろした。

佐伯一之進は、伊助の前に近づいてくると、懐に手を差し込んで、

「重いものだな。なにしろ持ち慣れておらんからだろうが、やけに重い」

といった。

「富次郎は、いくら出しましたんで?」

「お主《ぬし》がいったとおりだ。これだけ出した」

佐伯一之進は、懐から出した手を広げた。二十五両包み、いわゆる〝切餅〟が二つあった。

「少々、疚《やま》しい気はするが、いったんいただいたものは返すわけにはいかんしなぁ」

「なに、気に病むことなんざありませんや。富次郎の野郎があくどい真似をして客から巻き上げた悪銭ですぜ」

「うむ。そう思ってやったのだが、後味はよくないものだな。山分けいたそう」

佐伯一之進は、切餅をひとつ伊助に差し出した。

「と、とんでもねぇ」

伊助は手を振りながら、体を引いた。

「あっしは手引きしただけですぜ。こんなにいただくわけにはいきませんや。昨日は十両といいましが、五両ももらえれば十分でさ」

「そうはいかん」

佐伯一之進は生真面目な顔をしている。

「お主がお膳立てをしてくれから、手にできた金だ。山分けといたそう」

「ですから、そうはいきませんって――」

「どういうつもりなのだ……」

生真面目な顔をしていた佐伯一之進は、突然、昨日按摩の杖を斬ったときのように身震いするほど殺気だった、恐ろしい顔つきに豹変《ひょうへん》した。

「だ、旦那さん、どういうつもりって、いってぇ、なんのことです……」

伊助の体と声が震えている。

「伊助、それがしがなにも知らずに、このような話に乗ったと思うているのかっ」

ずいっと、佐伯一之進は伊助の前に迫って大刀に手をかけている。

「で、ですから、旦那さん、いってぇなんのことだか、あっしにはさっぱりわからねえんで……」

伊助は唾を呑み込み、あとずさりながらいった。

「妻を抱かれた侍にせめてもの情けをかけたつもりか？」

佐伯一之進の目の奥に凄まじい怒気がこもっている。

「！――」

伊助は言葉を失い、目を見張った。

（旦那は、すべて知っていたのか？　だが、いってぇ、どうやって……）

伊助が胸の内でつぶやいていると、

「お主が、はまと話しているのを聞いたのだ。そして、お主が帰ったあとで、わたしははまの家に押しかけて、詳しく申せと問い詰めたのだ」

伊助は腰が抜けそうになるほど驚いていた。

「だが、解《げ》せぬことがひとつだけあった。どうして、お主がわたしに情けをかける必要があるのか、いくら考えてもわからなかった。だから、お主が持ちかけてきた賭場で行われているいかさまを暴《あば》いて金をせしめる話に乗ってみることにした」

伊助は斬られる恐怖で喉がカラカラに渇いて、唾を呑み込もうにも唾が出てこない。

「似ていたんですよ、旦那さん……」

ようやく声が出た。

「？――」

佐伯一之進は眉をひそめた。

「あっしが死なせてしまった女房に、そっくりなんですよ、旦那さんの御新造さんが――だから、なんとかして助けたいと思って、それで……」

沈黙が流れた。佐伯一之進は、すっと伊助から視線を外して、なにやら思案しているような素振りを見せた。

少しして、再び伊助に視線を戻すと、

「妻を抱いたのだな」

佐伯一之進は呻くようにいった。その瞳の奥に激しい怒気をたぎらせている。

「そんなこたぁしちゃあいねぇ、そういっても信じちゃもらえやしませんやね……」

人妻、しかも武士の御新造さんの体を抱いたと知られれば、問答無用で斬り殺されてしまう。むろん、体裁《ていさい》を重んじるのが武士であるから、佳乃も殺されるだろう。

震えている歯を噛みしめ、辛《かろ》うじて返答した伊助は覚悟を決め、目を閉じた。

「さらばだ——」

佐伯一之進の声がし、空気が斬れた、と伊助が感じたのと、

「佐伯さんっ！」

という京之介の声が、かぶさったのが同時だった。

うしろのほうから数人の走ってくる足音が聞こえた。

伊助は、恐る恐る目を開けた。すぐ目の前で佐伯一之進の姿が大刀を振りかざしたまま、微動だにしないでいる。大刀の刃先は、伊助の額寸前のところで鈍い光を放っていた。

「千坂……」

足音がするほうへ目を向けている佐伯一之進がつぶやいた。

「伊助は、嘘をつくような男じゃありません」

　重蔵が伊助の隣にやってきて足を止め、佐伯一之進をじっと見ていった。

「親分……」

　伊助がすがるような目で重蔵を見ている。

「重蔵親分のいうとおりですよ、佐伯さん。伊助は、親分やおれたちのもとで『丸幸』と『今半』が組んでやっている悪事を暴く役目を引き受けていたんですよ」

　京之介がいうと、

「それは誠か？」

　佐伯一之進は、しげしげと伊助の顔を見ている。

「本当です。佐伯の旦那。伊助の働きのおかげで、さっき『丸幸』の富次郎とその子分たち、『今半』の勘右衛門を取り押さえて大番屋送りにしてきたところです」

　重蔵がいった。

「親分、本当ですかい？」

「うむ」

「本当ですよ、伊助さん」

　重蔵のすぐ近くにいる定吉がいった。

「よくやったな、伊助」

京之介も目を細めて伊助を見ている。

重蔵は以前から、定吉に伊助から目を離すなと命じていた。伊助を怪しいと疑ってのことではなく、どうもひとりで厄介なことを解決しようと必死になっている気がしてならなかったのである。

伊助が、『丸幸』の物置小屋の二階の隠し部屋に踏み込むのは明日にしてくれ、といってきたとき、重蔵の勘は確信に変わった。今日、事を起こす気だとピンときたのだ。

そして、定吉に伊助を尾けさせて、なにをしようとしているのかを探らせたのである。

その一方で、重蔵と京之介は、捕り方たちを連れてふたたび集結させ、武士の御新造が『今半』にやってくるのを見張り、客を取るのに使っている『丸幸』の物置小屋の二階の隠し部屋にいつ踏み込むべきか様子をうかがうことにしたのである。

定吉は、伊助が佳乃の夫の佐伯一之進と組んで、いかさま賭博をしているのを暴き、富次郎から五十両をせしめようとしていることを摑んで、重蔵と京之介に伝えた。

それを聞いた重蔵と京之介は、いかさま賭博と武家の御新造の弱みに付け入って体を売らせるという悪事の現場に同時に踏み込んで、今度こそ『丸幸』の富次郎と『今半』の勘右衛門を大番屋送りにしてやろうと考えたのだった。

それが見事に成功し、それを終えたあとで、伊助に伝えようとあとを追ってきたのである。

「そうだったのか。伊助、すまぬことをした」

佐伯一之進は刀をようやく納めた。

「では、この金は、どういたそうか……」

佐伯一之進は、懐に仕舞っていた切餅ふたつを取り出していった。

「ですから、旦那さん、遠慮なく息子さんの治療に使ってください。いけませんか、親分」

伊助が重蔵を見て訊いた。

「佐伯の旦那、『丸幸』の悪事を暴いてくれた報奨金だと思って、受け取ってください。ねぇ、若旦那」

「そうしてください。佐伯さん」

京之介にもいわれた佐伯一之進は、手のひらの切り餅ふたつをじっと見て、

「かたじけない。息子の容態が深刻でな。では、これを使わせてもらうぞ」

そういってその場から去ろうとする佐伯一之進に、

「佐伯さん、近いうちにお宅へ寄らせてもらいます」

と、京之介がいった。

「ああ」

佐伯一之進は穏やかな顔を見せて、足早に帰っていった。

「親分、親分のいったことは本当でした」

佐伯一之進の姿が、すっかり暗闇に消えると、伊助がいった。

「ん？　おれがいったことって、なんのことだい？」

重蔵が訝しい顔をして訊くと、

「ふふ。いえ、なんでもねぇです」

伊助は、照れ臭そうな顔をして口をつぐんだ。

だが、胸の内で、

（親分は、死に損なった俺にいったじゃねぇですか――生きてさえいりゃあ、そのうちいいこともあるもんさって。今、ようやく、そのとおりだと思っているんでやすよ、親分……）

と、つぶやいていた。

そんな伊助の顔を見ている重蔵は、

（伊助、おまえの顔から翳りのようなものがすっかりなくなっているぜ。これからも力を貸してくれよ、頼んだぜ）

と胸の内でいいながら、微笑んでいた。

佐伯一之進はその後、京之介の口利きで、ふたりがかつて通っていた小石川竜慶橋にある剣術を教える「徳田道場」の師範代を務めることになり、松村町の裏店から道場の近くの一軒家に引っ越した。

そして、息子の進之助の喘息が完治したという話を重蔵たちが耳にしたのは、秋も深まったころのことだった。

第四話　待つ女

一

秋の日の昼下がり――。

重蔵は門前仲町にある小間物屋『紅屋《べにや》』の番頭だった久兵衛《きゅうべえ》の家を訪れていた。番頭だったというのは、久兵衛は三日前、突然心ノ臓が発作を起こして、ぽっくりあの世へ旅立ったからである。四十七だった。

重蔵が玄関でおとないを告げると、奥向きから小走りで、久兵衛の内儀で藤色の無地の着物姿の糸《いと》がやってきた。

糸は三十二で、目鼻立ちが整い、肌も色白の美しい女だ。道ですれ違った男のたいていは、振り返って二度見するだろうと思われるほど艶っぽい。

「親分さん……」

糸は驚いた顔をしている。久兵衛と重蔵が知り合いだったとは知らなかったのだ。

「このたびは、ご愁傷《しゅうしょう》様で――線香を上げさせてもらっていいかい？」

「あ、はい。お気遣い、恐れ入ります。さ、どうぞ、お上がりになってください」

糸は緊張した面持ちで、重蔵を家の中に招き入れた。

仏間に通された重蔵は、仏壇に線香を上げ、手を合わせた。

少しすると、着物の上に喪に服していることを示す装束を羽織った糸が、お茶を運んできた。

久兵衛と糸の間には、十三になる小太郎《こたろう》というひとり息子がおり、寺子屋に通っていると聞いているから、昼下がりのこの時刻では、まだ手習いをしている最中だろう。

もっとも重蔵は、それを見越して訪ねてきたのだ。

「これは、おれの気持ちだ。受け取ってくれ」

重蔵は懐から懐紙《かいし》に包んだ香典を糸の前に差し出した。包んだ金は、香典の相場の三文である。

「ありがとうございます。では、遠慮なく、頂戴いたします」

糸は、目の前に差し出された懐紙を両手でそっと持ち上げ、軽く会釈してから胸元に仕舞った。

「親分、あのぅ、うちの人とはどういう？……」

糸は軽く眉根を寄せて訊いた。

「まぁ、ちょいとした縁で知り合った仲でね。葬式に顔を出したかったんだが、間の悪いことに面倒な事に首を突っ込んでて暇がとれなかったんだ。申し訳ない」

「そんな、とんでもございません。お上の御用をなすっているんですもの。どうぞ、お気になさらないでください」

「ところで、お内儀、久兵衛さんは心ノ臓が弱かったのかい？」

「え？　ええ……」

糸の切れ長で、やや吊り上がり気味の黒眸がちの瞳孔《どうこう》が一瞬大きく開いたのを、重蔵は見逃さなかった。

「そうかい。どこの医者に診てもらっていたんだい？」

重蔵はお茶を手にして何気なさそうな物言いで訊いた。

「それが、うちの人は大の医者嫌いでして。時折、胸が苦しいということがあったので、一度医者に診てもらってちょうだいといくらいっても聞く耳を持ってくれなくて……」

糸の顔に愁いが漂い、艶っぽさが色濃くなっている。

「そうだったのかい。こんなことを訊くのはなんだが、久兵衛さんの最期はどんな具合だったのかね」

重蔵はお茶を飲み、ごくりと喉を鳴らした。

「親分、どうしてまたそんなことを？」

「いやなに、『紅屋』さんの主はじめ手代たちが、番頭さんが心ノ臓が悪いなんて聞いたことがない。いつもぴんぴんして走り回っていたし、薬を飲んでいるところも見たことがないというもんだからね。最期はどんな具合で息を引き取ったのかと思ったまでさ。話すの、嫌かね」

重蔵は、糸の顔を見つめて穏やかな口調でいった。

「嫌だなんて――そうですねぇ。うちの人が亡くなったのは、三日前の夜のことで、この部屋で布団を敷いて寝ていたんです。隣で、わたしも寝ていたんですが、腕を強く掴まれて目を覚ましたんです。そして、うちの人を見ると、苦しそうな顔をして大きく口を広げて、息を吸おうとしても吸えないでいるみたいで……わたしは、ただおろおろするばかりで、ねぇ、大丈夫？　しっかりして！　とか、そんなことしかいえなくて――そうしているうちに、ぱたっと動かなくなって……」

糸は、声を詰まらせてそこまでいうと、羽織の袖で目頭を押さえた。

「つらいことを思い出させて悪かったな。勘弁してくれ。それじゃ、おれはこれで――」

重蔵は立ち上がって、居間へ向かった。玄関にいくには廊下に出るより居間を通ったほうが早いのだ。

と、重蔵は長火鉢の前で足を止めて、足元の畳を見下ろした。

(ん？　ここの畳だけ張り替えたばかりだな……)

青々としている真新しい畳に目を落としていると、

「どうかしましたか？」

すぐうしろにいる糸が声をかけてきた。

「いや、なんでもない」

重蔵は何食わぬ顔で玄関へ向かった。

(ふむ。『紅屋』の主や手代たちがいうように、番頭の久兵衛の急死は心ノ臓の発作なんかじゃないのかもしれないなぁ……)

『紅屋』の主や手代たちが、番頭の久兵衛の急死に不審を抱いているという話は、廻り髪結いをしている定吉が耳にし、それを重蔵に伝えたのである。

（しかし、まさか、あの卯太郎《うたろう》が関わっているんじゃあ……）

懐手して歩いている重蔵は、四日前の深川富岡八幡宮《とみおかはちまんぐう》の祭礼の日のことを思い出していた。

二

四日前——仲秋《ちゅうしゅう》十四日は、三大祭りのひとつである深川富岡八幡宮の祭礼で、一帯は神輿《みこし》や山車《だし》、練物《ねりもの》が盛大に行われ、江戸じゅうから集まってくる見物客でごった返していた。

空気が澄んだ秋晴れのその日、定吉と一緒に見物をしにきた重蔵は賑やかな祭りの人混みの中で、かつて一緒に大工仕事をしていた卯太郎が、女房の幸《さち》とひとり娘で五つになる葉《よう》を伴って笑顔で歩いている姿が目に入った。

「親分、どうかしたんですかい？」

足を止めた重蔵を不審に思った定吉が訊いた。

「あの男、おれが大工の棟梁《とうりょう》をしてたころ、おれのところに修業させてくれっていってきた卯太郎って大工だ」

「ああ。深川一腕のいい大工だってぇ耳にしたことがあります。へえ、卯太郎さんが、親分の下で働いていたことがあったとは知りませんでした」

「短い間だったし、定はまだ子供だったからな。卯太郎はそのころからもう腕がよくて、おれが教えてやれることなんかなにもなかった」

重蔵は目を細めて卯太郎を見やりながらいった。

「声をかけたらどうです？」

「家族水入らずで祭りを楽しんでいるんだ。声をかけるのは野暮《やぼ》ってもんだろう。いこう」

「へい」

重蔵と定吉は、卯太郎の家族がいる場所とは反対の方向に歩いていった。

「そろそろ帰るとするか」

重蔵に気付かなかった卯太郎は、神輿と山車が遠ざかっていくのを見て幸にいった。

「そうですねえ。お葉、もういいでしょ？」

卯太郎と幸の真ん中で、両方の手を握られている葉にやさしい笑みを浮かべて幸が訊いた。

「う～ん……」

まだいたいというように顔をちょっとしかめている葉に、

「お葉、おとっつぁん、家に戻って仕事をやらなきゃならねぇんだ。まだいてぇのなら、おっかさんといるかい？」

と、卯太郎が目を細めて訊くと、

「わかった。一緒に帰る」

葉は素直に応じた。

「お葉、おめえはいい子だ」

卯太郎は、さらに目を細めてそういうと、ひょいと葉を抱き上げて肩車をしてやった。

「うわー、たかい、たかい」

葉は、きゃっきゃっとうれし声をあげている。

「おまえさん、気をつけてくださいな」

幸は、心配そうな声を出しているが、その美しい顔は幸せに満ちている。

三十二になる卯太郎は、「床の間大工」と呼ばれる、床柱《とこばしら》や欄間《らんま》、飾り板や看板に複雑な彫り細工を得意とする職人で、大工仲間の間では知らぬ者はいないほど腕の立つ男なのである。

一色町に仕事場を兼ねた一軒家を構え、通いの弟子が六人いて、今も月に数人が弟子に雇ってくれといってくるが、これ以上は面倒見きれないからと断っているほどだ。

それほど人気があるのは、卯太郎の彫り細工が一風変わっているからだった。

五年に亘って床の間仕事の本元である上方《かみがた》で修業した卯太郎は、上方ふうと江戸ふうを合わせた、他に真似のできない独特な匠《たくみ》の技を編み出したのである。

弟子入りを断っても絶えずくるのは、卯太郎の厳しい教え方に音を上げて辞めていく者が多いからで、今いる六人の弟子も厳選して弟子入りを認めたつもりだが、果たしていつまで耐えられるかわからないと卯太郎は思っている。

弟子たちに厳しくあたるのは、血の滲むような思いをして磨いた技をそう易々《やすやす》と覚えられてたまるかという思いの他に、弟子の中から将来娘の葉の夫になる男を選ぼうとしているからだった。

大事なひとり娘である葉の夫になるのだから、それにふさわしい腕と人柄を持ち合わせていなければならない、という信念を卯太郎は持っている。

むろん、自分に息子がいればそんなことを思うこともないのだが、女房の幸は葉を産むとき、命と引き換えになるかもしれないという難産だったのである。

だから、卯太郎は次の子を幸が懐妊しないように気を配り、夫婦の交わりのときは、幸の中で果てぬようにしている。

そんな不自然な行為を訝る幸に卯太郎は、

「子供はお葉だけでいいんだ。もうひとりできたって、おれはお葉ほどにかわいがる自信はねぇし、跡継ぎは婿を取ればそれでいい」

と、いうのだった。

「ごめんなさい。あたしの体が弱いばっかりに……」

幸はそう申し訳なさそうに涙ぐむのだが、

「なにをいってるんだ。おれは家族三人の今の幸せを大事にしてぇ。もしおまえになにかあったら、どうしたらいいかわからねえよ」

と、卯太郎は労《いたわ》るのが常だった。

卯太郎にとって、娘の葉はもちろんだが、それほど女房の幸もまた何ものにも代え難い大切な家族なのである。

葉が生まれて五年になるが、それ以降、幸に懐妊する気配はなかったし、万が一そうなったとしても、処置することになるだろうと卯太郎は思っている。

そんな見物客でごった返す人混みの中、娘の葉を肩車して山門に向かって歩いた卯太郎が不意に足を止めた。

山門を出たところにある水茶屋で、お茶を飲んでいる見覚えのある年増の女が目に留まったからである。

（あれは――お糸ちゃんじゃないか……）

卯太郎が覚えている糸は、もっとほっそりとしていたはずだが、こうして見るのは十二、三年ぶりのことである。

いい年増になっている糸は体全体にふっくらと肉がつき、茶を飲む物腰にもしっとりとした落ち着きが感じられた。

身なりといい、仕草といい、どこを切り取ってもどこぞの品のいい内儀にしか見えない糸だったが、卯太郎は声をかける気持ちにはなれなかった。

それというのも、もうひと昔以上前の話になるが、卯太郎には糸とのほろ苦い思い出があったからである。

「お幸、家に戻る前に片づけておかねぇといけねえ用があるのを思い出した。お葉をつれて先に家に帰ってくれ」

卯太郎は、葉を肩車している姿を糸に見つからぬように肩から下ろしていった。

「どちらに？」

幸は、少し訝った顔を見せて訊いた。

「ああ、ちょっとした野暮用さ。なぁに遅くはならねえよ」

　卯太郎は、作り笑いを浮かべていった。

「そうですか。それじゃ。お葉、帰りましょ」

「え〜」

　がっかりしたという顔で、葉は卯太郎を見上げている。

「お葉、おまえの好きな胡麻団子《ごまだんご》を土産に買って帰ってやるから、おっかさんといい子にして待ってな。な？」

　卯太郎はしゃがみ込んで、葉の両肩に手を置いていった。

「わーい。うん、わかった。おとっつぁん、早く帰ってきてね」

　父親っ子の葉の、あどけない愛くるしい顔でそういわれると、卯太郎の顔は自然とほころぶ。

「ああ、わかった」

　卯太郎は、目に入れても痛くないという顔をして葉の頭を撫でた。

「じゃ、おまえさん——」

「おう、気ぃつけてな」

　幸とお葉が人混みの中に消えていくのを確かめると、

（だれを待っているのだろう？……）

卯太郎は、山門の陰に隠れるようにして糸を見つめた。

（そういやぁ、お糸ちゃんとあの水茶屋で待ち合わせて、八幡さまにお参りにきたことが何回もあったな）

その昔、縁の切れた糸のことを、卯太郎は近ごろでは滅多に思い出すこともなくなっていたが、心の奥で糸はどこかで幸せに暮らしていることを願い続けてきた。

いい亭主に恵まれ、丈夫な子供を産み、なんの不自由もなくしているに違いない——そう自分に言い聞かせてきたのである。

そう思わなければ、自分が浮かばれない気がしたし、結ばれなかった女が不幸でいる姿は見たくないという強い気持ちもあったのだ。

しかし、少し歩けば手が届く距離にいる糸を今こうして見ていると、卯太郎は自分の願いが叶っていてよかったと思う一方で、素直に手放しでは喜べないでいる自分がいることにも気付いていた。

（おれは、振られたんだからな……）

忘れかけていたほろ苦い感傷が胸の内に込み上げてくるのを、卯太郎は抑えることができないでいる。

そうしてしばらく見つめていると、糸は腰を上げて、お代を払って店を出た。

（ひとりできたのかな……）

卯太郎は、吸い寄せられるように糸のあとをついていった。

糸の暮らしぶりを、自分の目で確認してみたくなったのである。

糸は永代寺門前町の通りを、まっすぐに門前仲町のほうへ下っていった。

そして、掘割を渡ったところで右に折れ、ひとつめの角を左に曲がった。

「あれ？　親分、卯太郎さん、ひとりでなにをしているんですかね？」

重蔵と歩いていた定吉が訝しそうな顔つきで、二十間ほど離れているところで不審な歩き方をしている卯太郎の姿を見つけていった。

「だれかを尾けているようだな……」

重蔵も足を止め、目を細めて忍び歩いている卯太郎を見やった。

やがて、糸は小さなしもた屋の前で、行き交うおかみさんたちに声をかけられると、愛嬌を振りまきながら応えて家の中に入っていった。

「もし――」

卯太郎は、自分のほうに向かってきた糸に声をかけていたおかみさんのひとりに声をかけた。

女は、一瞬、はっとした顔で立ち止まったが、卯太郎を見ると、顔を上気させながら薄く笑みを浮かべた。

卯太郎は堂々とした体軀をしており、顔も苦み走ったなかなかの男前なのだ。

「あの家に入っていった人は？――いえね、おれの古い知り合いにとてもよく似ている人だったものですから」

卯太郎は、他所《よそ》いきの言葉を使った。

「ああ、糸さん？　あの人は、猪口橋《いのくちばし》そばにある小間物屋『紅屋』さんの番頭さんのお内儀さんですよ」

女は、まるで警戒せずににこやかに答えた。

「そうでしたか。じゃあ、知っている人とは別の人のようだ」

卯太郎は、糸に見かけたことを知られたくない気持ちが働いていた。

「あら、そうですか」

女は、卯太郎の期待に添えなかったのを残念そうに思っているようだ。

「それじゃ、どうも――」

卯太郎は、何食わぬ顔をして軽く会釈すると、尾けてきた道を戻っていった。

「なんでしょう？」

「人違いしていたみてぇですね」

卯太郎を尾けてきた定吉が、さっと物陰に身を隠して小声でいった。

「そうかな……」

定吉と一緒に物陰から見ていた重蔵は、卯太郎の背中がどこか寂し気に見え、視界から消えるまで見送っていた。

卯太郎は歩きながら、

（お糸ちゃんのご亭主は、小間物屋の番頭さんか。そりゃよかった）

と胸の内でつぶやいてみたが、言葉とは裏腹に心がすっきり晴れたというわけではなかった。

むしろ、その亭主とやらはどんな男なのだろう？　子供は何人いて、男の子なのか女の子なのかといった仔細なことまで気になりはじめてきたのだった。

（ふっ、おれはいってぇ何を知りたがっているんだ。どうかしている……）

秋の暮れ足は釣瓶《つるべ》落としである。いつの間にか、夕暮れが近づいていた。

夕陽が真っ赤に染めている掘割の水面の前で足を止めた卯太郎は、ゆらゆらと飛んでいる赤とんぼを見るともなしに見ながら遠い昔に思いを馳《は》せた。

三

卯太郎と糸は、生まれながらにして夫婦になる約束をさせられていた。

卯太郎の父親の加次郎《かじろう》は、母親のふじと北森下町で小さな雪駄屋を営んでおり、糸の家は同じ町内で小間物屋を営んでいた。

加次郎と糸の父親の弥平《やへい》は幼馴染の親友で、所帯を持ったとき、自分たちに子供が授かって大きくなったら夫婦にしようと言い合っていたのである。

果たして、加次郎には卯太郎が、弥平には同じ年に糸が生まれた。

言葉もわからぬうちから双方の親に、大きくなったらおまえたちは夫婦になるのだと言い聞かされていた卯太郎と糸は、ごく自然にそれを受け入れて育った。

やがてやんちゃ盛りの年ごろになって、糸が近所の悪ガキにいじめられたりすると、卯太郎はたとえ相手が年上だろうと何人だろうと向かっていき、仇討とばかりに闘った。

散々にやられて顔が変形するまでに腫れあがることもあったが、そんな卯太郎を見ると糸は目にいっぱい涙をためて、

「うたちゃん、ごめんね、ごめんね」

と、泣いて謝るのだが、

「謝ることはないよ。お嫁さんになる人を守るのは、男の務めだからな」

などと一人前の口を利いた。

だが、卯太郎と糸が成長するにつれ、親同士の口約束は次第に微妙なものになっていった。

どっちの家にもその後、子供が授からず、卯太郎と糸はひとり息子とひとり娘のまだったからである。

そして卯太郎は十三になると、大工になりたいと言い出して森下町にある親方のもとに奉公に出ることになり、糸とは幼いころのように頻繁に会うことはなくなった。

糸に会える機会は、たまに暇をもらって家に戻るときくらいのものだったが、糸は糸で習い事をはじめるようになり、子供のころのように気安く会えるというわけにはいかなくなったのである。

そして、卯太郎が十八のとき、父親の加次郎があっけなく病死すると、糸との仲はさらに微妙になっていった。

母親のふじが雪駄屋を引き継いだのだが、女手ひとつの商いは次第に細くなっていき、逆に糸の家の小間物屋は繁盛するようになっていったからだった。

そうなると父親の弥平が、いい年ごろになった糸に婿を取って店を継いでもらいたいと考えるようになっても不思議ではないし、卯太郎は大工の仕事がおもしろくなっていて辞める気などさらさらないのだから、親同士の昔の口約束はいつ破られてもおかしくはない状況になったのだ。

まして、卯太郎の父親が死んだとなっては何をかいわんやである。

だが、父親の死をきっかけに住み込みから通いを許されるようになった卯太郎は、そんなことなどお構いなしといったふうで、ふたたびちょくちょく糸と会うようになった。

会うたびに子供っぽさが少しずつ消えていき、その代わりに娘らしさが匂い立つように美しくなってゆく糸に、卯太郎はますます惹かれるようになったのである。

糸は糸で卯太郎の気持ちを察しているようだった。

糸は口数こそ少ないものの、卯太郎と会っているときの仕草や表情を見ていればそうだとわかる気がしたし、誘いを一度も断ったことがないのだ。

糸も自分に対する気持ちが変わっていないと卯太郎が決定的に思ったのは、家から仕事場に通うようになって半年ほど経ったころのことである。

その日の夕方、仕事を早めに終えた卯太郎は糸を八幡宮に誘い出して、人けのない境内裏に連れていって糸の口を吸おうと決意した。

不意に肩に手を回したとき、糸は体をびくっとさせて固くしたが、卯太郎が顔を近づけると観念したように目をつむった。

口と口を合わせると、薄く紅が塗られた糸の唇は、厚く切られたまぐろの刺身のように柔らかくて温かかった。

体の中を熱い血が駆け巡った卯太郎は、自然と舌を糸の口の中に差し入れようとした。

糸は、びっくりしたように一瞬目を開け、口を閉じようとしたが、卯太郎は歯の隙間から素早く舌を押し入れた。

糸の舌に自分のを絡《から》めると、まるで別の生き物のように動き出して、ふたりは鼻息を荒くして苦しそうに絡めつづけた。

どれくらいそうしていただろうか。

やがて、卯太郎は糸の胸に手をやって、まさぐった。

「いや……」

糸は口を離すと、卯太郎の胸に両手を突っ張らせて、小さくいった。

が、卯太郎は、そんな糸の口を塞ぐようにしてまた合わせ、強引に襟から手を差し入れた。

乳房に触れると、糸はふっと体を預けてきた。

卯太郎は立ったままで糸を抱え、襟をはだけさせて、乳房をあらわにさせた。

糸の乳房は着物の上からは想像もできなかったほどに、たっぷりとした重さを持っていて、その真っ白な肌は夕日を受けて輝くようだった。

卯太郎は感動のあまり、手が震え、その震える左手の人差し指と中指で乳首を挟むようにして、なんともいえぬ柔らかで吸いつくような肌のきめ細やかな乳房を揉みしだいた。

糸はほんのりと桜色に上気した顔で、ぐったりとしたまま、なすがままにさせていた。

だが、まだ女を知らない卯太郎は、そのあとどうすればいいのか途方に暮れながら、飽くことなく乳房を揉んでいた。

「うたさん、もう堪忍して……」

苦しげにそういった糸の声で、卯太郎は我に返った。

「ごめん。でも、お糸ちゃん、おれ――」

卯太郎が気まずそうにいうと、糸は慌ただしくはだけた襟の中へ乳房を仕舞って、なにもいわぬまま小走りに去っていった。

その日以来、卯太郎の糸に対する欲情は、もはやどうにも抑えようのないものになっていった。

しかし、そんなことがあってからというもの、糸は卯太郎を警戒しているようで、誘っても以前のようにふたりきりで会おうとはしなかった。

会うときは、必ず卯太郎も小さいときから遊んでいた女友達のすえを連れてくるようになったのである。

すえは卯太郎の家の近くに住む植木職人の娘で、太っていて器量もよくないがさつな感じのする女だった。

待ち合わせ場所にやってくるすえの顔を見ると、卯太郎は見るからに不機嫌になったが、糸は卯太郎の気持ちを知ってか知らずか、むしろふたりでいるときよりも楽しそうに振る舞うのだった。

それがまた卯太郎は癪《しやく》に障るのだが、はっきりと口に出せない。

正直に口に出せば喧嘩になるに決まっているし、糸に嫌われたくなかったのである。

まして三人で会うのは嫌で、ふたりきりで会いたいといえば、下心が見え透いているようでもあるからだ。

そんな卯太郎が、十九になった花見の時期のことである。

その日、親方から暇をもらった卯太郎は、糸を花見に誘っていた。

しかし、やってきたのは、すえひとりだけだった。

「お糸ちゃん、こられないんだって――」

富岡八幡宮の山門で待っていた卯太郎に、すえが申し訳なさそうにいった。

「具合でも悪くしたのか?」

卯太郎の物言いは、まるでけんか腰である。

「うん。風邪気味だから、今日はよすって。うたさんにごめんねって伝えてってさ」

卯太郎は、ますます機嫌を悪くさせた。

その日は、確かに花曇りというのだろうか、どんよりとした灰色の雲が空を覆っていて、肌寒い日だった。

風邪気味であるのならば、こんな日に出歩くのは確かに体によくはないだろう。

しかし、本当に風邪気味なのだろうか、と卯太郎は疑っていた。

一年ほど前、八幡宮の境内裏で口を吸い合い、乳房を揉んでからというもの、一度も卯太郎は糸とふたりきりで会うことはなくなっているのだ。

どう考えても、糸は自分を避けているとしか思えない。

「ねえ、どうする？」

すえが、機嫌を伺うように上目づかいでいった。

「どうするってなにがだよ」

卯太郎は軽く睨みつけるように不機嫌な声を出した。

「お花見よ。どうせあたしとじゃつまらないでしょ？」

この女はなにを当たり前のことをいっているんだ、という怒気の含んだ目で卯太郎は、すえを強く睨みつけた。

すえは、怯えたような顔をして肩をすくめた。

そんなすえを見た卯太郎は、はっとなった。

「そんなことはねえさ。桜の命は短《みじけ》ぇからな。せっかく暇をもらったんだ。花見にいこう」

卯太郎は無理に作った笑みを浮かべていった。

なんの罪もないすえに腹を立てている自分が、度量の小さい男に思えたのである。

それに糸がこなかったからといって、すえをこのまま帰したことをあとで知られれば、糸はきっと自分をひどいやつだと思うだろう。

が、桜の名所として名高い上野の山に花見にいこうと考えていた卯太郎はそれを取り止め、すえと八幡宮の境内に咲く桜を見ながら歩いたあと、山門を出たところにあるいつもの水茶屋でお茶と団子を食べることにした。

「なあ、おすえちゃん、お糸ちゃんからなにかおれのこと聞いてるかい?」

不意について出た言葉だった。

「なにかって?」

団子をほおばりながら、すえが訊いた。

「もう、おれに会いたくないとかさあ……」

「そんなことはいってないけど――」

すえは、意味ありげに口を閉ざした。

「やっぱりなんかいってるのかい?」

卯太郎は、不安になった。

すえは、どうしようか迷っている顔をしていたが、

「お糸ちゃん、うたさんのこと、好きだと思う――」

と、意を決したようにいった。

「ほんとか? お糸ちゃんがそういったのか?」

卯太郎は、ぱっと顔を明るくさせて、勢い込んだ。

「はっきりそう口に出してはいわないけど、あたしといるとき、お糸ちゃん、いつもうたさんのことばかりいって、あてられっぱなしだもん。だいたいちっちゃいころから、大きくなったらうたさんのお嫁さんになるっていってたじゃないのさ」

「そりゃガキのころの話じゃないか」

卯太郎は苦笑しながらいったが、むろんそうであって欲しいと心の中では願っている。

「そうだけど——今だって、お糸ちゃんの気持ちは変わっていないと思う。でも、困ってるみたい」

すえは目を伏せて、また黙り込んだ。

「困ってる？」

卯太郎の喉が鳴った。

すえは、こくんと頷くと、

「お糸ちゃんに、いくつか縁談が持ち上がってるそうよ」

といった。

卯太郎は、胸を突かれた思いがして、言葉が出てこなくなった。

「なにもそんなに驚くことないでしょ。こんなあたしにだって、ひとつやふたつあるくらいなのよ。あの器量良しのお糸ちゃんだもの。いい縁談があちこちからきても少しもおかしくないわよ」

すえのいうことは、もっともなことだ。

しかし、糸からも、糸の両親や母親のふじからもそんな話は聞いていない。

口約束とはいえ、おまえたちは大きくなったら夫婦になるのだと言い続けてきた手前、双方の親たちは、糸に縁談の話が持ち上がっているとは自分にいえずにいるのかもしれない。

「で、お糸ちゃんはなんて？」

卯太郎は動揺を隠せない。

「だから、困ってるみたいっていったじゃないのさ」

「…………」

卯太郎は、今更ながら自分を恥じた。

糸が置かれている状況を考えようとしなかったばかりか、自分の一方的な思いばかりを先走らせ、欲望の赴くままにあんな行動を取ったにもかかわらず、ふたりきりで会おうとしない糸に対して腹立ちを覚えていたのだ。

「ねえ、うたさんは糸ちゃんのこと好きなんでしょ？」

すえが、卯太郎の目をまっすぐに見て訊いてきた。

「おれだって、ガキのときからの気持ちのままさ」

卯太郎は、思わず恥ずかしさに目を逸らした。

「だったらなにも問題はないじゃないの？　お糸ちゃんのご両親にお嫁にくださいって、いえばいいじゃないさ」

「だけど、まだおれは、いっぱしの大工じゃねえし、かといって小間物屋に婿に入る気もねえからな」

卯太郎は、親方から筋がいいと褒められるほど腕を上げていて、ちょうど仕事もおもしろくなっていたが、一人前になれるにはまだ数年かかるだろうし、年季が明ければ、しばらくの間、渡り大工になっていろんなところの親方のもとで修業をしたいと考えるようになっていた。

糸の家は、ますます繁盛しているようだが、小間物屋はしょせん女子供相手の商売だ。卯太郎は婿に入って小間物屋を継ぐ気など、さらさらないのだった。

「それじゃ、お糸ちゃんをあきらめるしかないじゃない」

「…………」

それはできない——だが、それを口にするほど、卯太郎は図々しくもなれないでいる。

「お糸ちゃんが、かわいそうよ。あたし、帰る」

すえは怒ったような顔をしてそういうと、水茶屋を出ていった。

しばし、ひとりでぼんやり茶屋にいると、今日約束していた花見に糸がこず、すえだけを寄こしたのは、すえに卯太郎が糸を嫁にする気持ちがあるのかどうかを確かめさせるためではなかったのか、と卯太郎は思った。

しかし、卯太郎はなにも答えられなかった。

すえから今日の自分の態度を聞いた糸はどう思うだろうと考えると、卯太郎は暗澹《あんたん》たる気持ちになった。

すると、不意に卯太郎の脳裏に、富岡八幡宮の境内で糸の口を吸い、揉みしだいたあの美しい乳房が鮮烈に蘇ってきた。

このままでは、あの糸の唇や乳房が誰かのものになってしまうのかと思うと、卯太郎は嫉妬で目が眩みそうになった。

（おれは、いってぇどうすりゃいいんだっ……）

卯太郎は、茶屋の小女に酒を頼んだ。

酒は強いほうではない。運ばれてきた酒を一気に飲むと、すぐに酔いが回ってきた。だが、卯太郎は芯から酔えずにいて、ただ目が回ってくるだけである。

茶屋を出ると、すっかり外は闇に染まっていた。

卯太郎は、千鳥足で親方の元で働く五つ年上の朋輩《ほうばい》、孝助《こうすけ》がいる裏店に向かった。

「おう、うたやないかい。どないしたんや？──ん？　おまえ、酔うとんのかいな？」

孝助は上方から流れてきた渡りの大工なのだが、親方の下で働く者のうち、卯太郎が唯一尊敬している職人だった。

それというのも孝助が作った上方仕込みの細工が施された飾り板を見せられたとき、卯太郎はその見事さに心打たれたからである。

孝助がそれほどの見事な腕を持ちながら江戸に流れてきたのは、江戸ふうの床の間大工の技も覚え、それを身につけて上方に戻って一家を構えるという夢をもっていたからだった。

「孝助さん、おれを岡場所に連れてってください」

卯太郎は、ろれつの回らない口でいった。

「へへ。うた、おまえもようやく女遊びしとうなったんやな。そらぁええことや。ああ、つれてったるわい。わいもここしばらく女と遊んでないさかいにな。今夜は女のあそこの花見や」

孝助は、女遊びにも長《た》けていて、よく油堀に面した裾継《すそつぎ》の岡場所に通っていることを卯太郎は知っていた。

裾継に着くと、岡場所の二間間口の格子戸の中で、赤い前垂れをして毒々しい化粧を施した女郎たちが、通りを歩く男たちにひっきりなしに声をかけていた。

そんな岡場所が並ぶ通りを、にやにやしながら女郎たちに如才《じょさい》なく応えて歩いていた孝助が、ふと足を止めた。

「この見世が、わいのお気に入りなんや。わいは今晩泊まるけど、うた、おまえはどないするつもりや?」

「どうするって……」

女を抱くということがいったいどういうことなのか、卯太郎ははっきりわかっているわけではない。

どうするつもりだと訊かれても、これからなにがはじまるのかさえ、ぼんやりとしかわかっていない卯太郎には答えようがなかった。

「まあ、好きにしたらええわ。ほなな」

孝助は、にやっと笑うとさっさと見世の中に消えていってしまった。

「あんた、さっきからおっぱいばっかり触って、子供みたいだねえ」

行燈の灯がぼんやりと包む部屋の夜具の中で、湯文字《ゆもじ》姿になって卯太郎の横に寝そべっている女が、身をよじりながらいった。

たかというその女は、二十四、五だろうか、切れ長の目がきつねを連想させる顔立ちをしていて、女郎特有の崩れた雰囲気を体いっぱいに醸《かも》し出している。

たかの胸をさっきからいじっている卯太郎は、不思議な感覚に囚われていた。

同じ女の胸でも、たかの肌は浅黒くざらついており、豊満で充分に柔らかなのだが、糸のとは違って芯のようなものがなく、だらりとしているのだ。

数え切れないほど多くの男に揉まれているからだろうか？

それとも年のせいなのだろうか？

そんなことをぼんやり考えていると、

「あんた、もしかしてまだ女を知らないいんじゃないのかい？」

呆けたように胸をまだ触っている卯太郎に、たかは半身を起こして、珍しい獣を見るような目でいった。

「悪いか？」

卯太郎が投げやりにいうと、

「ふふ。やっぱりそうなのね。じゃあ、あたしが女ってものがどういうものか、しっかり教えてあげるよ」

と、たかは妖《あや》しく目を光らせて、行燈を夜具に近づけると、湯文字の前をはだけて折り曲げている足を広げて見せた。

「うふふ、さあ、よく見るのよ……」

そして、たかは股間《こかん》の奥にもうもうと生《お》い茂っている陰毛の両淵に自分の両手を添えると、さらに開いた。

すると、陰毛の奥に隠されていたたかの、淵は黒いが中は赤々としている花弁が、行燈のぼんやりとした灯に照らされた。

卯太郎は、その奇怪な形をした肉の割れ目を食い入るように見つめた。

「どう？」

「………」

卯太郎はなにも答えることができず、ただ目の前に広がる肉襞《にくひだ》をじっと見つめているうちに、体の中を暗い衝動が一気に駆け抜けてきた。

「この中に、あんたの熱くなっているものを入れるのさ――さあ、早くちょうだいな。うふふ……」

たかは、妖しい笑みを浮かべている。

卯太郎は、なにかに操られたように自分の固くなっている一物《いちもつ》を、たかの肉襞に吸い込まれるように入れた――と思ったとたん、果てた。

たかは、妖しい笑みからはっとした顔になって卯太郎を見ると、すぐにころころと笑いはじめた。

卯太郎は、かっとなった。

そして、すぐにまた挑みかかった。

笑い声をあげていたたかは、ふっふっと次第に荒い息をしはじめながら、体をよじりだし、眉根を寄せ、口を半開きにさせたその顔に、笑っているようにも痛みに耐えているようにも見える複雑な表情を浮かべた。

卯太郎は、たかの胸に顔を埋めるようにして乳房をわし摑みにすると、それを荒々しく揉みしだきながら糸の顔を思い浮かべていた。

（違うっ……お糸ちゃんは、こんな女じゃないっ……）

悦楽の味を堪能している卯太郎だったが、その一方で、糸に内緒で女郎を抱いている自分を後悔していた。

四

女の体を知り、桜がすっかり散ったころ、卯太郎は母親のふじを亡くした。

心ノ臓がもともと弱かったふじは、朝になっても起きてこず、不審に思った卯太郎が寝間に様子を見にいくと、眠ったままの顔で息を引き取っていたのである。

安らかな死に顔だった。

「うた、これからどうするつもりかね？」

葬式が終わった夜、糸の父親の弥平がぽつりといった。

弥平の横には、女房の秀《ひで》と俯いたまま悲しみに耐えている糸がいる。

「雪駄屋は畳みます」

「そうか――ま、なにか困ったことや相談事があったら、遠慮はいらないからいつでも顔を出しなさい」

「へい」

弥平から糸とのことについては、やはりなにも出なかった。

糸と会うのも、ずいぶん久しぶりのような気がしたが、卯太郎はまともに顔を見られずにいた。

女郎を買ったのは、あれ一度きりだったが、未だ後悔の念が消えずにいて、糸を遊びに誘うこともなくなっている。

「じゃ、うたちゃん、あたしたちはこれで帰るけど、あまり気を落とさずにね」

糸の母親の秀はそういうと、目で弥平と糸に合図をし、立ち去っていった。

その年の初夏、卯太郎に大きな転機が訪れた。

親方の住む町で火事が起き、親方の女房が逃げ遅れて死んでしまったのである。

女房を失った親方は、すっかり人が変わったように元気がなくなり、火事の多い江戸はもう御免だと生まれ故郷の八王子《はちおうじ》に引っ込んでしまったのだ。

卯太郎は、途方に暮れた。大工の仕事はあらかた身につけていたから、どこか別の親方のところにいけば仕事はいくらでもあったが、なぜかそうする気にはなれなかった。

しばらく家から出ずにぼんやりしていると、ふと上方にいこうかという考えが浮かんだ。

すでに孝助は親方のもとを去り、上方に帰っていた。

孝助のように、今度は自分が床の間仕事の本元である上方にいって、その技を身につけようと思ったのである。

だが、その前に片づけておかなければならないことが卯太郎にはあった。

糸のことである。

(お糸ちゃんも一緒に連れていこう)

乱暴な考えだった。しかし、口に出してはっきりそういってみると、どういうわけか、それが最善の手立てのように思えてきたのだった。

両親を失い、親方とも縁が切れた卯太郎には、考えてみればもうなにも残されておらず、怖いものはなかったのである。

糸を連れて上方にいくなどと面と向かっていえば、糸の両親は気が狂ったように反対するだろう。

そしてそれを実行すれば、きっと卯太郎を両親は恨むに違いない。

だが、卯太郎には、糸を幸せにする自信があった。

いや、糸さえいてくれれば、自分はどんなつらい修業でも耐え抜くことができるといったほうが正しい。

問題は、糸が一緒についてきてくれるかどうかだ。

卯太郎は、賭けに出ることにした。

善は急げとばかりに、卯太郎は行動を取った。

糸の家にいき、糸を呼び出して、大事な話があるから今日の暮れ六つに八幡宮の山門まできてくれといったのである。

糸は、じっと卯太郎の顔を見つめると、力強く頷いた。

まるで、卯太郎の胸の内をすでにすっかり読んでいて、その決意に同意しているかのように卯太郎には思えた。

卯太郎の心は浮き立った。

飯でも食いながら上方いきの話をしようと思っていたのだが、それを取り止め、料理茶屋で酒を飲みながらにしようと決めた。

糸のさっきの様子から、もしかすると今夜こそ、糸を抱けるかもしれないという考えが頭をかすめたからである。

蟬《せみ》の鳴き声が響き渡る八幡宮の山門に身を潜めるようにして糸を待っていると、傾きかけている夕日の中を小走りにこちらに向かってくる女の姿が遠くに見えた。

お参りを終えた人々が家路に向かう中を、素足が見えぬように着物の裾を手で軽く押さえながら、掻きわけるようにして糸が近づいてくる。

卯太郎の胸は、波打ってくるようだった。

「お糸ちゃん――」

卯太郎は、糸の前に立ちはだかった。

「待った?」

糸は、額にうっすらと汗を浮かべて息を弾ませながらいった。

「ううん――じゃ、いこう」

卯太郎が糸の手を取ると、糸はそれを振り払うことなく握り返してきた。

ふたりは足早に歩いて、永代寺門前町にある料理茶屋、『笹屋《ささや》』に入った。

酒と肴を頼み、それが運ばれてふたりきりになると、

「おれ、上方にいこうと思ってるんだ」

卯太郎が盃をあおっていった。

「え?」

糸は、目を見開いた。

「床の間大工の仕事は、上方が本元なんだ。だから、おれ、上方にいってもっと腕を磨きたいんだ」

しばしの沈黙のあと、ふっという小さなため息が糸の口から洩れた。

ちらりと見ると、糸はがっかりしたように肩を落としている。

「だけど、お糸ちゃんと離れるのは嫌だ」

卯太郎は、力を込めていった。

糸が、なにをいってるの？　という顔で、卯太郎を見つめた。

「一緒についてきてくれないか？　おれ、お糸ちゃんを大切にする。きっと幸せにしてみせる。だから、頼む。おれと一緒に上方に逃げてくれないか！」

卯太郎は飯台に両手をついて頭を下げると、少しして顔を上げ、糸の反応を見つめた。

「本気でいってるの？……」

糸の目が潤《うる》んでいた。

卯太郎は、すかさずいった。

「おれ、ずっとお糸ちゃんのことが好きだった。これからもずっとそうだ。だから、おれと夫婦になってくれ！」

卯太郎は、すがるように訴えた。

「うれしい……」

糸は、ほっとした顔になって頬を染めた。

「お糸ちゃん……」

卯太郎は、糸のそばにいくと、体を引き寄せた。

「じゃ、いいんだね？」

卯太郎の腕の中にすっぽりと収まった糸は、こくんと頷いた。

卯太郎は、ゆっくりと糸の口に自分の口を重ねた。

久しぶりの感覚だった。

卯太郎に体を預けるようにして、しなだれかかっている糸の足元の裾が乱れ、水色の二布《ふたの》から真っ白なふくらはぎが見えている。

卯太郎は、糸の襟から手を差し入れようとした。

「ここじゃ、いやよ……」

糸は口を離して、卯太郎の手に自分の手を添えて拒んだ。

（あの襖《ふすま》を開けると、夜具が敷いてあるはずだ……）

卯太郎は糸を腕に抱えたまま、ひょいと立ち上がり、足のつま先で襖を開けた。

その部屋は行燈が灯っていて、色鮮やかな夜具が艶めかしく敷かれていた。

卯太郎は喉をごくりと鳴らして、大切な物を扱うように糸を夜具の上にそっと置くと、体を横にさせて帯を解いてやった。

糸は、卯太郎のなすがままにさせている。

帯が解かれた糸は、観念したように半身を起こすと、着物を脱いで湯文字姿になって、真っ白な肌の背中を見せながら夜具の中に体を滑らせるように入った。

卯太郎も素早く着物を脱ぎ棄てて、夜具の中に入ると、糸の上に覆いかぶさるようにして下になっている糸をまじまじと見つめた。

行燈の虚ろな灯りに照らされている糸の真っ白な胸は淡い薄紅色に輝き、一年半ほど前に見たときより幾分さらに大きく盛り上がっているように思えた。

「そんなに見ないで……」

糸は、恥ずかしさに耐えるように目をつむった。

「きれいだ……」

女郎のたかの体が一瞬かすめたが、卯太郎はそれを振り払うように、やさしく糸の口を吸い、舌を絡めながら、緊張で固くしている糸の体を解きほぐすようにゆったりと乳房を揉んだ。

たかの乳房を揉んだときの感触とはまるで違い、糸の胸は跳ね返すような弾力を持ちながらも、手に吸いつくようでもある。

一度とはいえ、女の体の扱いをたかに教えられた卯太郎は興奮に全身を熱くしながらも、落ち着いていることができた。

糸の口を吸うのをやめた卯太郎は、舌を糸の首筋に這わせ、ゆっくりと左の乳房に近づけて、つんと宙に向けて固くなっている乳首を吸った。

糸は、びくんと一瞬体を反《そ》らせると、はあはあと熱いため息を何度も洩らし、小さな震えをさざ波のように体じゅうに広げていった。

卯太郎は腰紐を解いて湯文字を取り払い、糸の固く閉ざしている両足を割ろうとすると、

「怖い……」

と、糸は声を震わせていった。

卯太郎は何も答えず、強引に糸の閉ざしている足に割って入った。

そして、まじまじと秘部を見た。

「いや……お願い、見ないで……恥ずかしい……」

糸は泣いているような声でそういいながら、両手で秘部を隠そうとするのを、卯太郎はやさしく振り払った。

「きれいだよ。お糸ちゃん、とってもきれいだ……」

糸の陰毛は薄く、秘部を覆うように、ひっそりと恥ずかしそうに生えている。

卯太郎は、そっとその奥にある糸の花弁に指を入れてみた。
ぬらぬらと濡れていて、火照っているのがわかる。
糸は、
「いや……いや……」
と、か細い声を出して、小さく身をよじった。
卯太郎が少しの間、糸の濡れそぼった花弁をいじっていると、じわっと蜜のように
ねっとりした生温かな液が奥の方からわき出てきた。
卯太郎は花弁をいじっていた指を抜くと、一物に自分の手を添えて、糸の花弁の真
ん中に開いているはずの場所目がけて押し入れようとしたが、糸は体を突っ張るよう
にして拒んだ。
卯太郎は、糸の両脇に両腕を差し入れて肩を押さえ、ふたたび固く反り返って熱く
なっている一物をゆっくりと花弁に突き入れた。
「うっ！……」
糸は、体を一瞬ぎゅっと硬直させ、激痛に顔を歪ませた。
が、奥まで突き入れると、急にぐったりとさせて動かなくなった。
卯太郎は、ゆっくりと腰を動かした。

すると糸は、一点の痛みに耐えようとするかのように眉根を寄せ、卯太郎の両肩にすがりつくように手を回して震えていた。

「まだ？……うたさん……もう堪忍して……」

糸は、すすり泣くようにいった。

卯太郎は、たかを抱いたときのような肉欲の陶酔《とうすい》はなかったが、想い続けてきた糸が今、自分の中にあるのだという充足感に満たされていた。

「──あたし、もう帰らなきゃ、おとっつぁんに叱られる……」

事が終わって夜具の上で、ぐったりしていた糸はそういうと、素早く着物を引き寄せて身仕度をはじめた。

「お糸ちゃん、明日、きっとだぜ」

卯太郎は帯を締めている糸を夜具の上から見上げるようにいった。

「ええ。七つに山門ね」

糸は乱れた鬢を手で直しながら、微笑みを浮かべて答えた。

がしかし、卯太郎が糸の顔を見たのは、それが最後となった。

翌日の約束の日、待ち合わせた富岡八幡宮のまだ閉じられている山門の前で、真っ暗な七つ前から旅支度を整えた卯太郎がひとり待っていたのだが、日が上がるようになっても糸は姿を見せなかったのである。

　そして、ちらほらと納豆売りなどの振り売りの者たちが姿を見せるようになったころ、朝もやが立ち込める中を、小走りにやってくる女の姿がようやく見えた。

　卯太郎は、浮き足立って山門の前の道に躍り出た。

　が、その女が近づいてくると、卯太郎は奈落《ならく》の底へ落ちていくような感覚に襲われた。

　やってきたのは、糸ではなく、すえだったのである。

「お糸ちゃん、さっきあたしんちにきて、うたさんに言伝《ことづて》を頼みたいっていいにきたの。いけなくなったからそう伝えてくれって」

　すえが息を切らしながらいった。

「…………」

　卯太郎は怒りで体が震えた。

「でもね、でも帰ってくるの、いつまでも待っているからってさ。うたさん、どこか遠くにいくの？」

　卯太郎は、糸の家にいって怒鳴り込んでやろうかと思った。

　しかし、そんなことをしても無駄だろう。

きっと親に見つかったのだ。

いや、いざとなって自分から親にいって止められたのかもしれない。

どっちにしろ、卯太郎は糸にも糸の両親にも、もう合わす顔がなかった。

「おすえちゃん、おれからもお糸ちゃんに言伝を頼む――おれのことは忘れてくれ。おれもお糸ちゃんのことは忘れる。だから、おれを待ってることはねぇって……」

卯太郎は、そう捨て台詞を残して、朝もやの中を泣きたい気分になりながら上方を目指した。

道中、糸のことを思い出しては腹が立ち、また一方ではもしかするとなにかあったのではないかと心配になり、何度も引き返そうかと考えた。

しかし、品川《しながわ》を経て東海道に入ったころから、卯太郎は考えを改めるようになった。

(これで、よかったんだ。おれはこれからどうなるかわからねえんだし、お糸ちゃんに親を捨てろなんてこと自体、土台無理なことだったんだ……)

上方に着いた卯太郎は孝助を頼り、糸のことを忘れようとするかのように床の間大工の仕事に打ち込んだ。

習慣や上方の言葉、料理の味に当初は戸惑ったが、一年もするとそれらにも慣れ、むしろずっとこのまま上方に根をおろそうかと考えるようになった。

だが、二年、三年と過ぎ、腕がいいという評判がちらほら立ちはじめたころになると、卯太郎は落ち着かなくなってきた。

言い寄ってくる女もいたし、人を介して嫁にという女とも何人か会ってはみたが、その気にはなれなかった。

上方の女は確かにやさしいが、慣れてくるとべたべたした感じがして、江戸の女のさらっとした気性のほうが、やはり自分には合っていると思うようになった。

上方は魚や青物もうまいし、料理の仕方も凝ってはいる。

しかし、出汁の効いたあっさりとしたうどんより、醬油味のそばが口に合う。

鯛や平目のお造りよりも、鰯《いわし》や秋刀魚《さんま》の焼き魚が恋しくなってきた。

それに上方は仕事の交渉も面倒だった。

注文が多くなればなるほど、細かいやりとりが何度も繰り返され、支払いはいい代わりにとことんまで値切るのが上方の商いで、うんざりする。

四年が過ぎると、卯太郎は上方から京へ足を伸ばして、歴史のある寺や格式のある屋敷を訪れては、そこに飾られている凝りに凝った彫り細工を見て回って仕事に生かした。

そして、江戸を出て丸五年が経ち、二十四になった卯太郎は上方に見切りをつけて、懐かしい江戸に戻ることにした。

江戸に帰ってきた卯太郎は、昔の奉公先の親方のもとで働いていた朋輩を訪ね、仕事を分けてもらうことからはじめた。

やがて卯太郎のその見事な仕事ぶりは、瞬く間に人伝《ひとづて》に広まり、あっという間に注文が殺到するようになった。

あるとき、大店の呉服商をやっていたご隠居から、欄間を作ってくれという仕事が入り、好きな図柄でやってくれといわれた卯太郎は、これまで修業して覚えたすべての技を使って仕上げた。

それを見たご隠居は卯太郎の匠の技に驚き、次々に仲間内の裕福なご隠居たちを紹介してくれたばかりでなく、卯太郎の腕に惚れ込んだといって、孫娘の幸を嫁にしないかと縁談まで持ちかけてきたのである。

幸に会ってみると、ひと目で卯太郎はその美しさと品の良さに惹きつけられ、話はとんとん拍子に進んだ。

そして晴れて祝言《しゆうげん》をあげる段になると、ご隠居は卯太郎に大工として大きな仕事ができる鑑札《かんさつ》を祝言の祝いだといってくれたのだった。

苦労知らずで育った幸に、気の荒い大工仲間たちとの付き合いに理解を示すことができるだろうかと心配をしたものだが、それは卯太郎の杞憂《きゆう》に過ぎなかった。

幸は、大工仲間のがさつな物言いや下品な冗談にもころころと鈴が鳴るような笑い声をあげて相手をしたし、弟子に入った若い者たちの面倒も楽しそうに見てくれたのである。

やがて、幸はお葉を身籠り、難産ではあったが無事に産むと、母親としての落ち着きをも身につけ、すっかり大工の親方の内儀が板につくようになっていった。

そうなったころには卯太郎は、もうすっかり糸のことを思い出すことさえなくなっていたのだった。

五

（うたさんは、まだ、あたしのことを恨んでいるだろうか……）

糸はその夜、息子の小太郎の夜具で添い寝しながら、顔が上気し、胸がざわつくのを抑えることができないでいた。

昨日、糸は思わぬ人の訪問を受けていた。

幼馴染で、浅草の植木職人の女房になっているすえである。

用があって、昔住んでいた北森下町にいったすえが、その通りを懐かしそうな目をして歩いていた卯太郎を見かけたと、わざわざ教えにきたのである。

声をかけようかどうしようか迷ったが、ひと昔以上前とはいえ、上方に出立する卯太郎に糸の言伝を伝えたときの怖い顔が思い出されて気後れしてしまい、声をかけることができなかったのだという。

その代わりに、すえは卯太郎のあとを尾けた。

「一色町に住んでいて、弟子が六人もいる床の間大工の親方になっててさ、大工の間じゃ知らない者がいないほどの腕前だそうだよ」

すっかり植木職人のおかみさんが板についているすえは、複雑な表情をしていった。

逃がした魚は大きいね――そんなことをいいたげに糸には見えた。

「そう。卯太郎さん、夢がかなったのね」

糸は穏やかにいった。

本当によかった――糸は心の底から思った。

「またお内儀さんが、そりゃきれいな人でさあ。日本橋の『美濃屋《みのや》』っていう大店の呉服商の末娘で、お幸さんていうんだけど、その人とお葉ってひとり娘と三人で幸せそうに暮らしているらしいわよ」

すえは、かなり聞き回ったようだ。

それを聞いた糸は、胸にちくりとした痛みを感じた。

そして、幸という人は、どれほどきれいな人なんだろう、と思った。

もう自分のことなどすっかり忘れて幸せに暮らしているんだ、と思うと、ほっとする反面もの悲しい気分になってくるのだった。

「お糸ちゃん、うたさんに会ってみたい気持ちある?」

すえは、うかがうような目をして訊いてきた。

糸は口に出しては答えず、ただ微笑んだだけだった。


「おい、お糸——」

久兵衛のささやく声と肩を揺すられて、小太郎を抱えるようにして眠っていた糸は目を覚ました。

「おいで」

薄暗がりの中に浮かんでいる久兵衛の、どことなく老いた狐を思わせる顔に好色さが滲んでいた。

糸は、半身だけ浮かすと、首を静かに横に振った。

「いいから、おいで……」

久兵衛の声は、明らかに苛立っている。

「疲れているんです。すみません」

小太郎に気付かれないように小さな声でそういって、また夜具に体を横にしようとすると、久兵衛は糸の夜着の肩のあたりをむんずと摑んで、睨みつけた。

糸は観念したようにのろのろと起き上がると、久兵衛の寝間についていった。

「お糸、いつまでも小太郎と一緒に寝るんじゃないっ……」

久兵衛は、夜具の上で半裸にされている糸の乳房を揉みながらそういうと、口に乳首を含ませた。

「おまえさま、あたし、本当に今夜は疲れてて……」

糸は身をよじって逃げようとするのだが、久兵衛はそうはさせまいと糸の体を押さえて、執拗に愛撫を重ねてくる。

頭では身の毛がよだつほど嫌だと思いながらも、次第に反応していく自分の女の体が、糸は恨めしい。

（もし、あのときなにもかも捨てて、うたさんについていったら……）

と、糸は卯太郎の若かりしころの顔を思い浮かべた。

すると、久兵衛に手や舌で愛撫されることに抱いていた嫌悪感が嘘のように消え、体の芯から熱いものが込み上げてきて、糸は艶めかしい声をあげはじめた。

糸は、久兵衛と夫婦になったこと自体は悔やんではいない。

むしろ、久兵衛と所帯を持つことがあのときは最善の方法だと思われたし、それより他に選ぶ道がなかったのだと思っている。

卯太郎にはじめて体のすべてを許したあの夜、糸は翌日、本当に上方についていこうと思っていた。

しかし、家に帰ると、不測の事態が待っていたのである。

夕飯を食べていた弥平が、突然、持っていた茶碗を落とし、そのままどっと畳に倒れると、ぐぉんぐぉんという物凄い音の鼾を立てたのだと、家に戻ってきた糸に母親の秀が青い顔をしていったのだった。

すぐに医者を呼びにいったのだが、もう助かることはないだろうといわれたというのである。

糸は、罰が当たったのだと自分を責めた。

父親が倒れたというその時刻、糸は卯太郎に抱かれていたのだ。

ぐぉんぐぉんと鼾をかき続けている弥平を秀と見つめながら、糸はこれからのことを思うと、とても卯太郎と一緒に上方にいくことはできないと思っていた。

そして、秀が床に就くと、日の出を待って、糸はすえの家に走り、卯太郎への言伝を頼んだのだった。

理由は告げなかった。糸に降りかかっている事態を卯太郎が知れば、卯太郎は上方へいくのをあきらめてくれるかもしれない。いや、きっとそうしてくれるだろう。

だが、糸はそうさせてはいけないと思った。卯太郎は腕のいい大工だと聞いていたし、上方へいって本場の床の間大工の仕事を覚えたいと考えたのは、単なる思いつきなどではないはずだ。

江戸に残ってもらって大工の仕事は続けてもらい、自分と母親で小間物屋を切り盛りし、近いうちに夫婦になるというのも悪いことではないだろうが、糸は卯太郎の夢を自分たちのためにあきらめて欲しくはなかった。

だから、いつまでも待っているとすえに伝えてもらったのである。

しかし、卯太郎は、忘れてくれ、待ってなんかいないでくれといったという……。

それでも糸は、待ち続けるつもりだった。

ところが、倒れて三日目に弥平が亡くなってしばらくすると、思ってもみなかった借金が発覚したのである。

弥平はおとなしく、真面目そうな顔をしていたその裏で、密かに博奕に手を出していて、五十両もの金を質の悪い金貸しから借りていたのだった。

糸と母親の秀は、追い詰められた。そこで有り金すべてと店を売ろうとしたのだが、それでもまだ金が足りないことがわかると、以前から糸を嫁に欲しいといってきている男たちの中に、足りない分の金を出し、母親を引き取ってくれる人のところなら嫁にいくという決断を下したのである。

次々と尻ごみをしていく男たちの中で、それでも一向に構わないといってくれたのが久兵衛だった。

糸より十五も年上の久兵衛は、糸の家と取り引きのある門前仲町の小間物屋『紅屋』の番頭格の手代で、五年前に女房を病で亡くしており、子供がいなかった。

そして実際に会ってみると、久兵衛は目が細くて吊り上がっていて、狐のようにとがって痩せた貧相な顔立ちをしていたが、愛想が良かったし、店の主からも実直な人柄だと聞いていたので、糸は嫁にいくことにしたのである。

だが、弥平が亡くなってひと月ほどしていざ夫婦になってみると、久兵衛はケチで酒も飲まず、煙草も吸わないが、食事の菜から日用品に至るまでいちいち使ったお金を細く帳面につけるように指示し、本当に必要だったかどうか吟味《ぎんみ》するのである。

それだけならまだいい。愛想がいいのは外面だけで、家の中では、自分がおまえたちを救ったのだということをあからさまに、糸にも秀にもいって暴君のように振る舞うのだった。

そして、寝間でふたりきりになると、まるで抱かなければ損だとでも思っているのか、毎晩執拗に糸の体を求めてくるのだ。

抱かないのは、糸に月の障りがあるときくらいのもので、それ以外は長いときには半刻もかけて糸の体を隅から隅まで舐め尽くすように愛撫するのだった。

久兵衛との夜の営みは、糸にとって務めでしかなく、快楽など求めるはずもないのだが、勝手に反応してしまう体を糸は心底恨めしく思ったものである。

夫婦になってすぐに小太郎を身籠った糸は、お腹の赤ん坊に障るからと夜の営みを拒否すると、久兵衛は物にも秀にも当たり散らした。

そんなこともあったからだろう、小太郎が生まれて間もなく、心労が祟っていた秀は呆気なくこの世を去ったのだった。

「お糸、今晩はどうしたのかね……」

果てて夜具の上でぐったりしながらも、まだ糸の乳房をいじっている久兵衛が満足そうな顔をしていった。

「別にどうもしませんよ」

髷を乱し、真っ白できめ細かい肌をしっとり汗ばませて、快感の余韻に浸っていた糸は、我に返ったような顔をして脱ぎ棄てられた夜着を引き寄せていった。

「そうかな。今夜みたいな乱れかたをしたのははじめて見たよ。ふふ」

糸は夜着を着るふうを装って、久兵衛に背中を向けた。

表情を読み取られまいと思ったのである。

確かに、今夜はこれまで久兵衛に抱かれた中で、もっとも悦楽に溺れそうになるほど、糸は激しく燃えた。

それというのも久兵衛に抱かれている間じゅう、糸はずっと卯太郎の顔を思い浮かべ、まるで卯太郎に抱かれているかのような錯覚に囚われていたからだった。

そうなってしまったのは、昨日、すえから卯太郎が江戸に戻っていると聞いたからに他ならない。

（あたしは、まだやっぱり、うたさんのことが好きなんだわ……）

このとき、糸ははじめて心の奥底に押し込めていた想いに気付いた。

と同時に、糸の胸の中に、人には決していえないどす黒い感情が芽生えてきたのだった。

六

久兵衛が死んで五日が経った。

糸は、富岡八幡宮の水茶屋で、卯太郎とふたりきりで会っていた。糸のほうから会いたいと文《ふみ》を書き、人を使って卯太郎に届けさせたのだが、亭主の久兵衛が死んだことなどは一切触れていない。

「へえ、おすえちゃんに見られていたのかい。だったら、声をかけてくれりゃよかったのになあ」

卯太郎は、屈託のない笑みを浮かべている。

「気後れしちゃって、声をかけそびれたそうよ」

「どうして？」

「あたしの言伝を聞いたときの、卯太郎さんが作った怖い顔を思い出したんだって」

卯太郎は、ふっと顔を歪めた。

「あのとき、そんなに怖い顔をしたのかな。もうひと昔も前のことだ。忘れちまったよ」

「そうなの――じゃ、あの夜のことも？」

糸は、視線を落としてさらりといった。

卯太郎は、一瞬、糸のいったことがなんのことなのかわからなかった。

眉をひそめて糸を見ていると、糸がすっと視線を上げて艶っぽい流し目で、卯太郎を見つめた。

（あっ……）

卯太郎は思い出し、うろたえた。

「おいおい、お糸ちゃん、まだ日が高《たけ》ぇんだぜ」

卯太郎は、参ったなとばかりに頭を掻いた。

糸の口からあの夜のことをいわれるとは、考えてもみなかったことで、やはり歳月は人を変えるものだと卯太郎は思った。

卯太郎の知っている糸は口数が少なく、恥ずかしがり屋で、ふたりしか知らない淫《みだ》らな過ちをこうしてさらりといえるような女ではなかったはずである。

だが、今、目の前にいる糸は、着物の上からでもしんなりとして、胸や尻にほどよく肉がついていることがわかり、匂うような色気を放っている年増女になっているのだ。

「ところで今日は、卯太郎さんにお願いがあってきたの」

「お願い？　おれにかい？　いったいなんだい？」

「わたしの息子の小太郎を、卯太郎さんのところに奉公させたいの」

「え？　しかし、お糸ちゃんとこのご亭主は、『紅屋』っていう小間物屋の番頭さんじゃないのかい？」

「あら。どうして知ってるの？」

卯太郎は、目を丸くしている。

糸は、まずい、と思ったが後の祭りである。

「へへ。いや、ちょうど八幡宮の祭礼の日に、ここでお糸ちゃんがお茶を飲んでいる姿を偶然、見かけたんだよ。だが、おすえちゃんと同じで、おれも声をかけられなかった」

「どうして？」

糸は、きょとんとした顔をしている。

「なんていったらいいのかなあ。ま、振られた男の弱みってやつさ。しかし、お糸ちゃんが、どういう暮らしをしているのか知りたくなって、ちょいと後を尾けさせてもらったんだ。みっともねえことしてすまねぇ」

卯太郎は、両手を太ももに置いて、ぺこりと頭を下げた。

本心から、みっともないことをしたと卯太郎は思っていた。

だから、あの日からふたたび、糸の思い出を封印し、自分から会いたいなどとは思わないように努めていたのである。

「お糸ちゃんが幸せそうに暮らしているのがわかって、ほっとしたよ」

「そうでもないわ」

「え？」

卯太郎は、思わず飲もうと手にした茶碗を宙で止めて、糸を見た。

「うちの人、亡くなったの。五日前に――」

「そいつぁ、また……」

卯太郎は、心底から驚いていた。

「病かい？」

「ええ。心ノ臓が弱かったの。特にここふた月の間に、ときどき夜中に胸が苦しくなって飛び起きたりしていたから心配してたのよ。お医者さんに診てもらったほうがいいんじゃないのってずいぶんいったんだけど、店を休むわけにはいかないって放っといたのがよくなかったんだと思うわ。そうしたら、五日前の夜、ぱったりと――」

「そうだったのかい……そいつぁ、ご愁傷さまだったなぁ」

卯太郎はしみじみした口調でいった。

しかし、どこか不自然なものを卯太郎は感じてもいた。

糸の物言いに、どこにも亭主を失ったという悲しさらしきものが感じられなかったのである。

まだ亡くなって、それほど日が経っていないから実感がわかないのだろうか？

「それで息子を卯太郎さんのところに奉公させようかと思ったの。駄目かしら？」

「他でもねえ、お糸ちゃんの息子とあっちゃ断るわけにもいかねえよ。だが、今いくつだい？　まだ早《はえ》ぇんじゃねぇのかな？」

「十三になるわ。ちょうど卯太郎さんが大工になるって奉公に出た年と一緒よ」

「…………」

卯太郎は、胸をぐさりとやられた気がした。

十三といえば、卯太郎が上方に出立した翌年に生まれたということになる。

ということは、糸は卯太郎が江戸を去ってすぐに嫁ぎ、間もなく懐妊したということだ。

（なにがいつまでも待っているだ……ま、昔のことだが——）

「どうしたの？」

押し黙っている卯太郎に、糸が訊いた。

「いや、なんでもねえ。そうかい。十三か。よし、わかった。おれがみっちり仕込んでいい腕前の床の間大工に育ててみせるさ。そうなりゃ、おれのところはひとり娘しかいねえ。婿に入ってもらうことになるかもしれねぇぜ」

半分本気、半分冗談のつもりで卯太郎がそういうと、

「それは駄目」

と、糸がぴしゃりといった。

「お糸ちゃん……な、なぁに、ほんの冗談だよ」

あまりに怖い顔をした糸に、卯太郎は驚いた。

「ごめんなさい。うちもひとり息子なものだから」

「そうなのかい？」

「ええ」

「そうだったのかい。そいつぁ、おれの娘の婿ってわけにはいかねえな。で、どんな坊なんだい？」

「卯太郎さん、きっと気に入ってくれると思うわよ」

「ははは。おれも人に負けねぇ親馬鹿だが、お糸ちゃんもおれに負けず劣らずってとこだな。どんな坊か、早く見てぇな。こいつはひとつ楽しみができたぜ。ははは……」

卯太郎は、心から楽しみだというように笑った。

そんな卯太郎の顔を、糸は笑うことなく、ただじっと見つめて、

（ええ。あたしも楽しみよ。うたさんが、小太郎を見てどんな顔をするのか……）

と、胸の内でつぶやいていた。

糸が、久兵衛と所帯を持つことになったのは、父親の弥平が作っていた借金を返すためもあったのだが、実はもうひとつどうしても早く嫁がなければならない事情があったのである。

卯太郎が上方にいった翌月から、糸には月のものがなくなったのだ。

まさか！――と、当初、糸は思った。

しかし、翌月も糸には月のものがこなかった。

糸は怯えた。

が、それはまぎれもない、認めざるを得ない現実だったのである。

ケチで恩着せがましく、酒も煙草もやらない久兵衛は、糸にとってとてもじゃない

が好きになれる男ではなかったが、それが逆に幸運をもたらしたといってよかった。

糸が他の男の子を懐妊していたことなど、露とも疑うことがなかったのである。

糸は念のため、夫婦になった当初から夜の営みのとき、月のものが終わった直後でなければ、久兵衛に糸の中で果てさせなかった。

そうすれば懐妊しないと聞いていたからだった。そうでない夜は、久兵衛が果てそうになった気配を察知すると、糸は快楽に乱れたふりをしながら、果てる寸前で素早く体を離して終わらせた。

しかし、久兵衛は、糸がそんな企みを持って夜の営みを務めていることなど知る由もなかったのである
間違いない。お腹の子は、うたさんの子だ――そう確信した糸は、心の奥底で、こういう日がくることをずっと待っていたのだと思った。卯太郎が江戸に帰ってくるのをずっと待っているといったのは、こういうことだったのだと糸は改めて強く思ったのである。

そして今、卯太郎が目の前にいる。

（うたさん、あたしは本当に、うたさんのことが好きだったのよ。今にわかるわ。小太郎の顔を見れば、あたしがずっと待っているといったことが本当だったということ

が……)

糸は、にこにこと笑っている卯太郎をじっと見つめた。

その目の奥には、糸という女の狂気に満ちた情念の炎が燃え盛っていることを、卯太郎は知らない。

そして、久兵衛が死んだのは、糸が石見銀山をまぶした団子を食べさせたことによるものだということも——。

七

翌朝の五つ半——。

重蔵は定吉を伴って、糸の家を訪れていた。

「親分、今日はどういった御用で?」

茶を差し出しながらいった糸の顔に警戒の色が滲んでいる。

「ずばり訊こう。ご亭主に毒を盛って殺したのは、糸、おまえだな?」

重蔵は眉ひとつ動かさず、糸の目をじっと見つめながら、淡々とした口調で訊いた。

「——親分、突然、なにを言い出すんです?……」

糸はたじろぎ、目を泳がせている。

「白状しないのなら、大番屋送りになるが、いいのかい？」

大番屋に送られれば、厳しい責め問いが行われる。

「親分、いったいなにを証拠に、わたしを下手人扱いするんですか？」

糸は、明らかに苛立ち、その顔に奸婦《かんぷ》の翳りが浮かんでいる。

「おまえの幼馴染のすえから聞いた話だが、おまえと卯太郎は小さいときから夫婦になる約束をしていたそうだな」

「それがどうしたというんです？」

糸は強気を崩さず、重蔵を睨みつけている。

「まぁ、その話はちょいと置いておこう。糸、おまえ、おれが亭主の最期の様子を聞かせてくれといったとき、そっちの寝間で眠っていたら、久兵衛が突然心ノ臓の発作に見舞われて胸を押さえて苦しみ出した。そうして、おろおろしているうちに、ぱたっと倒れて息を引き取ったといったな」

「そのとおりです」

「違うな」

重蔵は静かに否定した。

「違うってなにがですか？」

「久兵衛が倒れたのは、おまえが座っているそこだ」

重蔵は懐から十手を取り出して、糸が座っている長火鉢の前の、そこだけ青々としている畳を指していった。

「糸、何故、おまえが座っている畳だけ張り替える必要があったんだね？」

「…………」

糸は答えられずにいる。

「亭主の久兵衛が、おまえに毒を盛られた茶かなにかを飲んで、胃の腑にあるものを吐き出して、畳をむしりながら苦しんで死んでいった跡があったからだろ。違うかいっ？」

「…………」

糸は無言のまま顔を紙より白くさせて、体を小さく震わせはじめた。

「おまえに、畳の張り替えを頼まれた門前仲町の畳屋『武蔵屋《むさしや》』の親方が、畳のいたるところが引っ掻かれてぼろぼろで、おまけに饐えた臭いで鼻が曲がりそうになったといってたぜ」

「『武蔵屋』の親方の証言だけで、わたしを亭主殺しの下手人だと決めつけて大番屋送りにするっていうんですかっ？」

糸は癇を起こして、唇が色をなくすほど強く噛んで、重蔵を睨みつけている。

「おまえの息子の小太郎が見ていたんだよ」

「え？」

糸は、針で突かれたかのようにびくりとした。口を半分開け、瞳孔まで開かせている。

「もしや、騒がしさに目を覚まして起きたんじゃないかと思って、おとっつぁんが死んだ日の夜、なにか見ちゃいないかと、おまえの息子に訊いてみたんだ。そうしたら、涙をぽろぽろ流していったよ。おとっつぁんが倒れて畳の上でもがき苦しんでいるのを、おっかさんはなにもしないで、冷たい笑みを浮かべて見下ろしていた。その顔がとても怖かったとな」

ここのところ、小太郎の様子がおかしいとは思っていた。

だが、まさかあの夜のことを見られていただなんて――糸は目を伏せて、目の前に置いてある冷めたお茶を手に取ると、体を横にひねって茶を口にして飲み干した。

「まだあるぜ」

「？――」

糸が重蔵を見た。

「久兵衛を殺す前の日、おまえ、一色町までいって、そこの薬種屋《やくしゅや》でネズミ百匹は殺せるだろうって量の石見銀山を買っただろ」

重蔵は、糸は猫いらずを飲ませて久兵衛を死に至らしめたに違いないと踏み、定吉と下っ引きたちに糸の似顔絵を配り、『こんな顔をした女が、以前に石見銀山を購入した薬種屋を探し出せ』と命じていたのだった。

そして、昨日になってようやく一色町にある『湊屋《みなとや》』という薬種屋の主が、似顔絵にそっくりな女が、このところネズミがたくさん家に住み着いて困っているから猫いらずをちょうだいといって、石見銀山を大量に買っていったといったのである。

「猫いらずなら、この近くの薬種屋でもいくらでも売っている。なのにどうして一色町なんて遠い町までいって大量の石見銀山を買ったのかね？　しかも、一色町にはかつておまえと夫婦になる約束をした卯太郎の住まいがある。これはただの偶然かい？」

すえから卯太郎のことを聞いた糸は、卯太郎がどんな女を嫁にしたのか、どんな家族をもって暮らしているのか知りたくてしょうがなくなって一色町にいき、卯太郎の家族の様子を見にいったのである。

そして、卯太郎が女房の幸とお葉と幸せそうに暮らしているのを見るにつけ、自分の中に芽生えた久兵衛に対するどす黒い感情がどんどん募っていき、それはもはやどうにも止めることができないところまで育っていったのだった。

（うちの人に、死んでもらうしかない――）

糸は決意を固め、一色町の薬種屋『湊屋』に吸い込まれるように入っていった。

「おい、どうした？」

糸の異変に気付いた重蔵がいった。

糸は体を小刻みに痙攣《けいれん》させはじめ、口から胃の腑にあるものを戻そうとしているようなのだ。

「おまえ、まさか――定、医者だっ。医者を呼んできてくれっ」

「へ、へいっ！」

定吉が立ち上がったと同時に、糸は畳に倒れて口から胃の腑に納まっていたものを吐き出した。体の痙攣は激しさを増していき、息ができないようで、糸は苦しそうに顔を歪めながら「あうっ、あうっ……」と言葉にならないことをいい、爪で畳を掻きむしっている。

糸は、さっき茶を飲もうとしたとき、重蔵と定吉に見られないように体をひねって、着物の袂に隠し持っていた石見銀山を包んで折りたたんでいた懐紙《かいし》を、そっと広げて茶の中に入れ、ひと口で飲み干したのだ。

「おいっ、しっかりしろっ！」

「――親分さん……申し訳……ありませんでした……」

糸はもう畳を掻きむしることはなくなっており、今は息も絶え絶えで、体中にびっしょり汗をかいている。

久兵衛殺しは完璧だったと自信を持っていた糸だったが、重蔵が訪ねてきた日から、いつか自分が犯した悪事が重蔵に暴かれる日がくる気がしていて、自死するためにいつも石見銀山を肌身離さず持ち歩いていたのである。

「もうすぐ医者がくる。しっかりするんだっ」

重蔵は、糸を抱きかかえていった。

が、糸は弱々しく首を振ると、

「親分さん……うたさんに……うたさんのところに奉公に出すことにした小太郎は……うたさんの子供です……」

といった。

「なんだって?!」

重蔵は絶句した。

「わたし、うたさんを……待っていたんです、ずっと……小太郎を見せてやりたくて……馬鹿な女ですよね……」

糸は、哀しい笑みを浮かべている。

「ああ、馬鹿だ、おまえは、大馬鹿女だっ――」

「親分さん……小太郎にも……うたさんにも……なんの罪もありません……悪いのはすべてわたし……親分さん、お願いです……こ、小太郎を……よろしく……頼みます……」

糸が、わずかに残っている力を振り絞っていった。

すると、

「親分っ、ただいま、戻りましたぁっ」

定吉が医者を連れて勢い込んで居間に入ってきた。

しかし、糸は重蔵の腕の中ですでに事切れていた。

八

重蔵は、糸の死は病によるものだったとして自身番に届を出し、まだ十三の小太郎の代わりに葬儀を執り行ってやった。

喪主の小太郎は、立て続けに両親を失ったことを受け止めることができないでいるようで、葬儀の間じゅう虚ろな目をして、ぼんやりと座っているだけだった。

糸の急死の知らせを受けて葬儀にやってきた卯太郎は、小太郎とはじめて会ったのだが、卯太郎がいくら話しかけても小太郎は上《うわ》の空で生返事《なまへんじ》を繰り返すばかりだった。

そんなふたりの顔を改めて見比べてみると、やはり似ていると重蔵は思った。

そして重蔵は、野辺送《のべおく》りを終えた日の夜、定吉を友達のところにいかせ、卯太郎を自分の家に招いて、本当のことをすべて打ち明けたのだった。

「――うた、おまえさんだけは知っておかなきゃならないことだと思ってな……」

話し終えた重蔵は、猪口に手酌した酒を一気にあおった。

ひと言も口を挟むことなく黙って聞いていた卯太郎は、重蔵が話し終えても項垂れたままだった。

「なぁ、うた、小太郎のこと、おまえさんに任せていいな？」

重蔵が念を押すように訊くと、卯太郎は黙ったまま、力強く頷いた。

「そうか。安心したよ」

重蔵が穏やかにいうと、

「お幸にいいます――」

と、項垂れたまま卯太郎がいった。

「ん？」

「ですから、小太郎は、おれの息子だって、お幸にも小太郎本人とお葉にもいいます、へい」

きっぱりした口調でそういって顔を上げたとき、卯太郎は漢方薬を飲んだときのように顔を醜いほどに歪ませていた。

「そんなことで、お幸は、おれや糸のことを恨んだり、取り乱したりするような女房じゃありません。小太郎のことだって、自分が産んだ子のようにきっと可愛がってくれるにちげぇありません。へい」

卯太郎の声は震えていた。

「そうか。だが、小太郎と葉にいうのは、まだ早いんじゃないか？」

「いえ、大きくなって、小太郎とお葉がおかしなことにならねぇように、今から兄妹だって知っておいたほうがいいと思うんです」

「そうか」

「へい――」

「飲めよ」

重蔵が銚子を手に取ると、卯太郎は猪口を差し出して、

「親分、おねげぇがあるんですが、聞いてもらえますか?」

といった。

「ああ。おれにできることなら、なんでもするぜ」

「おれ、泣きてぇんです。声をあげて思い切り――そんなおれに今夜ひと晩、付き合ってもらえませんかい?」

「付き合う、おう、付き合うぜ、いくらでも。さ、飲め、うた――」

重蔵は、卯太郎の猪口に並々と酒を注いだ。

卯太郎は飲んだ。黙々と飲んだ。やがて、卯太郎の口から、「うぐっ……」という声が漏れると滂沱《ぼうだ》の涙を流し、獣の咆哮《ほうこう》のように声をあげて泣きはじめたのだった。

そんな卯太郎を包み込むようなやさしい眼差しを向けていた重蔵は、

（うた、つらいよなぁ……だが、神さま仏さまは、その人が乗り越えられない苦難は決して与えないそうだ。だから、うた、ここでひと踏ん張りすりゃ、今の辛さなんざぁ、きっと乗り越えられる。〝辛い〟って字に、一《ひと》踏ん張りの〝一〟を足せば、おまえの女房の名の〝幸〟になるじゃないか。おまえなら、きっと幸せになれるさ……）

と、胸の内でつぶやいていた。

時代小説
二見時代小説文庫

罪《つみ》の跫《あしおと》 深川《ふかがわ》の重蔵捕物控《じゅうぞうとりものひか》ゑ4

二〇二四年 五 月二十五日 初版発行

著者 西川《にしかわ》 司《つかさ》

発行所 株式会社 二見書房
〒一〇一-八四〇五
東京都千代田区神田三崎町二-一八-一一
電話 〇三-三五一五-二三一一［営業］
〇三-三五一五-二三一三［編集］
振替 〇〇一七〇-四-二六三九

印刷 株式会社 堀内印刷所
製本 株式会社 村上製本所

 ISBN978-4-576-24030-5
https://www.futami.co.jp/historical

井川香四郎

ご隠居は福の神

シリーズ

以下続刊

①ご隠居は福の神
②幻の天女
③いたち小僧
④いのちの種
⑤狸穴《まみあな》の夢
⑥砂上の将軍
⑦狐《きつね》の嫁入り
⑧赤ん坊地蔵
⑨どくろ夫婦
⑩そこにある幸せ
⑪八卦良《はっけよ》い
⑫罠《わな》には罠
⑬人身御供《ひとみごくう》

「世のため人のために働け」の家訓を命に、小普請組の若旗本・高山和馬《たかやまかずま》は金でも何でも可哀想な人たちに分け与えるため、自身は貧しさにあえいでいた。ところが、ひょんなことから、見ず知らずの「ご隠居」を屋敷に連れ帰る。料理や大工仕事はいうに及ばず、体術剣術、医学、何にでも長《た》けたこの老人と暮らすうち、和馬はいつしか幸せの伝達師に！「ご隠居」は何者？ 心に花が咲く！

二見時代小説文庫

森 真沙子

柳橋ものがたり

シリーズ

①船宿『篠屋《しのや》』の綾《あや》
②ちぎれ雲
③渡りきれぬ橋
④送り舟
⑤影《かげ》燈籠《どうろう》
⑥しぐれ迷い橋
⑦春告げ鳥
⑧夜明けの舟唄
⑨満天《まんてん》の星
⑩幻燈おんな草紙

訳あって武家の娘・綾《あや》は、江戸一番の花街の船宿『篠屋《しのや》』の住み込み女中に。ある日、『篠屋』の勝手口から端正な侍が追われて飛び込んで来る。予約客の寺侍・梶原だ。女将のお簾は梶原を二階に急がせ、まだ目見え（試用）の綾に同衾《どうきん》を装う芝居をさせて梶原を助ける。その後、綾は床で丸くなって考えていた。この船宿は断ろうと。だが……。